著：樋辻臥命
イラスト：かれい
3
放課後の迷宮冒険者《ダンジョン・ダイバー》
～日本と異世界を行き来できるように
なった僕はレベルアップに勤しみます～
GCN文庫

アシュレイ
冒険者ギルドの受付でアキラの担当。冒険者に色々おねだりする様子から「集りの魔女」と呼ばれる。
スクレール
アキラが助けた異世界人で、耳長族の女の子。勁術という格闘術を使う。強い。

カーバンクルくん
ひょんなことからアキラについてくることになった生物。日本にもついてくる。アキラの魔力とちゅ〇るが好物。
ドラケリオン・ヒューラー
アキラが「ライオン丸先輩」と呼ぶ獣頭族の高レベル冒険者。豪放磊落な性格で面倒見も良いが、顔は怖い。あと強い。
クドー・アキラ
異世界と日本を行き来できる高校生。レア属性である紫の魔法を使う魔法使いで、Hなことに興味津々なお年頃。

「ほ、ほほほほんとに、本当に師匠なんですか⁉」
「そうだ。わたしだ。それ以外にあるか？」

放課後の迷宮冒険者③
～日本と異世界を行き来できるように
なった僕はレベルアップに勤しみます～

著：樋辻臥命
イラスト：かれい

GCN文庫

CONTENTS

プロローグ　エンカウントという名の遭遇というか出会い

——僕には魔法の師匠がいる。

異世界ド・メルタに転移できるようになってから何日か経《た》ったある日のことだ。

ちょうど街中を歩いていたライオン丸先輩を見かけて、先日のお礼や挨拶をして、シーカー先生が賭場らしきところから出て来たのを見てぎょっとしていたとき。

突然師匠に捕まった。

そう、捕まったのだ。

こんにちは、いい天気ですね、とかそんな挨拶的なレベルじゃない。

「おまえ、魔法使いだろ？　面白い属性を持っているな？」

「ぎゃー！　らちらちらちらち！　らち誘拐！　未成年者略取ぅうううううう！」

師匠はいつも周りを取り巻いている黒い帯みたいなのを使って、僕を路地裏へと引き込んだ。

そのときは全然わけがわからなくて、『ざんねん‼　わたしの　ぼうけんは　これでおわってしまった!!』みたいな無慈悲で理不尽な展開になるのかとも思ったけど、助かった。いや、あまり助かってないかもだけど。

こまごまとしたところは割愛《かつあい》するけど、師匠が語るに「人助け（師匠の）に協力しろ」「代わりに魔法を教えてやる」という感じで半ば強制的に弟子になったというわけだ。

そんな師匠は何故《なぜ》か周囲に影というか黒い靄《もや》や帯をまとっているため、詳細な容姿がわからない。もやもや。うねうね。そんな感じのものにまとわりつかれている奇妙な人だ。声からして年若い女性だということはわかるんだけど、他は全然。魔法使いとしての力量が天元突破していて、性格が鬼畜あくまってことくらいしかわからない。

§

「うわ、ほんとにあったよ」

ともあれそれが、今日僕が新しいルートを見つけたときの第一声だった。

いま僕の目の前には、いわゆる階層と階層を繋《つな》ぐポイントである『霧の境界』がある。

ちなみにこの『霧の境界』という名称、正式なものではないことは覚えていて欲しい。

見た目は一点の曇《くも》りもない水面のようでいて、靄というか霧がかかっており、自分の姿が霞んで映るという不思議なものだ。楕円《だえん》形の輪郭があるから、つい「鏡よ鏡よ鏡さん」なんて言いたくなるけど、もちろん答えてくれるわけもない。初めて見たときはまさかこれが次の階層に行くための場所だとは思わなかったくらいに、見た目は全然ワープゾーンっぽくない。

これがあるってことは、間違いなく次の階層がある。それが既存のルートに繋がるものなのか、それとも全く知らないところに繋がっているのかは足を踏み入れてみないとわからないけど、まさか、【大森林遺跡《だいしんりんいせき》】に、こんな誰も知らないような秘密のルートがあったなんて意外というほかない。

「ほらな」

おそらくドヤ顔でそう言ったのは、僕をここに連れてきた張本人だ。

そう、先ほど話に出てきた僕の魔法の師匠こと、ベアトリーゼ・ズィーベントゥリアさんその人である。

異世界に転移してきて、さて今日はどうしようかなとフリーダの街中をぶらぶらしていた折のこと、師匠に「魔物の核石《かくせき》が欲しい」と言って連れて来られたというか引っ張って来られたというか無理やり連行されて来た。まさにドナドナである。物悲しい。

いやもちろん僕の知らない階層があるって話を聞いたこともあって、多分に興味がそそられたから……ってこともあるのだけれど、どうせ僕の意思にかかわらず連れて来られていたということは言うまでもないし、諸兄には是非ともそんな事実を知っておいて欲しい次第だ。

場所は初心者歓迎【大森林遺跡】の次の階層だという。階層と階層の連結はある程度攻略レベルが近い場所と繋がっている傾向にあるから、そこまでレベルに開きがある場所ではないはず。だから多少は安全が担保されているということを考慮して、こうやって抵抗せずに引っ張られてきたわけなんだけど。

……ただちょーっと不安なのは、ここまでくる道のりがかなりというか結構険しかったという点だ。難度の高い階層に、低レベルの冒険者《ダイバー》が踏み込まないようにするのを、この道のりの険しさが担っているのであれば——もしかしたらもしかするかもしれない。

「いやーでもまさかほんとにマジだったとは思わなくて」

「わたしがあると言ったんだ。あるに決まっているだろう？」

「でもギルドの記録にはないルートなんですから、やっぱり疑いたくもなるでしょ？　それに師匠が僕を無理やり連れ出したいために騙《だま》したーって線も残ってたし」

「ほう？　わたしがいつお前を騙して連れ出したことがあった？」

「ちょっとそこ！　自信満々のドヤ顔で言えば許されるとか思わないでくださいよ！　よくあるじゃないですか！　具体的には三十七回ほど！」

「男が細かい数字を気にするなんてかっこ悪いぜ？　もっと余裕を持ってないと女にはモ

テないぞ？」

「それで毎度死にかけてるのに細かくなんてなぁあああああああい！」

僕は影の奥で笑っている師匠に向かって叫ぶ。でも僕の訴えなんて届くわけもない。あの影の奥で、次はどうやって僕をイジメようかとか考えているに違いない。なんて恐ろしい人だろう。やっぱりあくまだ。デーモンだ。

「何も言ってないのによくイジメやらあくまやらデーモンやらそこまで想像を飛躍させることができるよなお前はさ」

「師匠！　人の心を読むのは卑怯《ひきょう》ですよ！　ズルです！　妖怪の仕業です！」

「ちゃんと口に出てたっての。お前はほんとに喋《しゃべ》らずにはいられない性格なんだな」

「そんな!?　僕は確かに口を閉じていたはず!?」

「どこがだよ。あとヨーカイだかなんだか知らんが、それがわたしを貶《けな》す言葉だというのはわかった」

「うぎゃぁあああああああああああ！」

僕は師匠の帯みたいなのにぐるぐる巻きにされて、ぶんぶん振り回される。

ひとしきり師匠からそんな新しいお仕置きを受けたあと。

「ほら、そろそろ行くぞ」

「りょ、了解でえぇぇぇす……」

まあ一応僕も新階層というのを楽しみにしてたので、歩き出した師匠のあとに続いた。

だって、僕と師匠以外の誰も知らない階層である可能性が大なのだ。そりゃあわくわくするよ。足取りは色々なことを含めてプラマイゼロだけど。

第22階層　今日も師匠に拉致されました（13階層ぶり3回目）

そんなわけで、境界面に映った自分の姿にぶつかりに行くようにしていざ突入。

やがて視界が開けると、そこには草原らしき原っぱと天然林があった。

こんな説明だとついさっきまでいた【大森林《だいしんりん》遺跡《いせき》】を想像しちゃうけど、僕の目の前にはまったく違う光景が広がっている。主に色合い的な意味でなんだけど、もうすんごい。

「なんか地面がすっげーカラフルですね」

そう、なんかここ、まるで様々な色の絵の具をパレットから床にぶちまけてしまったかのように周囲一面色とりどりだった。これが一面のお花畑なら平和で穏やかそのものだけど、もうなんていうか土とか雑草がカラフルなのだ。土はまあ土壌《どじょう》的な問題なのかもしれないけど、雑草の方はなんか良くないエネルギーに当てられた影響で遺伝子変異を起こしたような、そんな感じの色味をしてる。まあ【屎泥《しでい》の沼田場《ぬたば》】よりは落ち着いた色合いをしているからそこまで危機感っていう危機感はないんだけど、でもやっぱり見てると気持ちが悪くなってくる。

しかも周りの樹木もちょっと変というかだいぶ変。色合いおよび形的にも特殊。なんていうか異世界ファンタジーというよりは、絵本的なファンシー世界に降り立ってしまったような、不思議の国とか鏡の国とかそんなイメージが先行しちゃうくらいには異質な感じ。

そんな周りの景色と打って変わってお空は綺麗《きれい》。ちょう綺麗。青空はどこまでも抜けるように澄んでおり、見ているだけで気分が良くなる。地面？　あまり見たくないね。

「ここが、わたしが見つけた新階層だ」

「マジであったんですね。でも、これまで誰も見つけられてないなんてなんかちょっと意外です」

「それはこの場所が新しく生まれたから……っていうのは適切じゃないな。新しくガンダキア迷宮と繋《つな》がったというべきか？」

「そういう風に新しい場所と繋がるところってあるんです？」

「そうだな。魔物どもがひっきりなしに出てくるようになれば、あるんだろうな。わたしもそう聞いてるぜ？」

「あー、そう言えばこういうところって、モンスターが大量発生するから神様が繫げるって話でしたっけ？」

「だからこうして条件が合えば、神たちが新たな階層として紐《ひも》づけするのさ」

「じゃーここ、結構やべー感じになったから繋がっちゃったってことなんですね」

「魔物どもが自然には消滅、淘汰《とうた》されない段階にまで来てるからな。お前の言うように、良くない状態ではあるんだろ」

そんな話を聞くと、なんていうかこの世界のメカニズムの一端に触れたような、ちょっと重大な話を聞いたような気分になる。迷宮《ダンジョン》の成り立ちとか、こういう話ってなんか面白い。

「それでここ、なんて呼びましょう？」

「そうだな。暫定《ざんてい》で【楽土《らくど》の温泉郷《おんせんきょう》】とでも名付けておこうか」

「らくどのおんせんきょう？　って師匠、ここ温泉なんてあるんですか？」

「ああ。この辺りにはまだないが、もっと進むとたくさん泉源があるぞ」

師匠は機嫌良さそうに言う。なんていうかどこか誇らしげだ。

やっぱ温泉を見つけたからだろうか。確かに温泉を掘り当てたら自慢できるしすごいことだ。でも僕がここで大半の日本人よろしく「うわすごい！」「さすが師匠！」「略してさすしょ！」なんていう歓声を上げなかったのは、冒険者《ダイバー》になったがゆえだろうか。

なんで喜ばないかって？　もちろんそんなの、この身にひしひしと迫る危機感のせいに決まってるよ。

「お、おおお、温泉ってそれ、大丈夫なんですかね……？」

「ん？　温泉なら大丈夫だろ？　お前、もしかして風呂は嫌いなのか？」

「い、いえ、僕はお風呂とか温泉とか好きですけど。今回のはそういう意味ではなくてですね。もっとこう、なんていうか、あのですね……」

僕はびくびくおどおど慄《おのの》きつつ、師匠に訊《たず》ねる。

そう、温泉があるってことは、火山ガスが噴き出している可能性があるのだ。ここは人の手が加わっていない天然自然の階層だ。現代日本の温泉街みたいにきちんと整備されているわけじゃない。地獄が露出して、どこもかしこも煮え立っているという光景がそれこそ容易に想像できる。なるほどそれで周りの木々や雑草がカラフルなのか。確かにこれが鉱物由来のものっていうなら一応は納得できる。この辺りは土壌からしてヤベーってことだ。日本の温泉地はこんなことないのに、異世界ってやっぱ怖い。

「アキラ、何をそんなに怯《おび》えている？」

「だって！　だってですよこれ！　下手したら【屎泥の沼田場】みたいな場所ってことじゃないですか!?　毒ガスもくもく危険地帯ですよ！　中毒中毒ぅ！」

「ああ、なんだそんなことか」

「そんなことって適当にしないで！　その辺、生命に直結する問題なんですよ!?」

「大丈夫だ。ここの空気に毒性はほとんどない」

「……ちなみにそれって高レベル冒険者《ダイバー》のみに許されたレベルの暴力的な耐性じゃなくてですか？」

「そうだな。基準はわたしだからその可能性は否定できない。でもちょうどいいだろ？　今日はお前がいるからな」

「師匠師匠。僕は有毒ガスを検知する鉱山のカナリアじゃないんですよ？　できればといかなるべくきちんと人間として扱って欲しいなって思う次第でして」

「なに、お前もそこそこレベルがあるから大丈夫だろ。自分を信じろ」

「ムリですぅ！　僕のことは僕が一番疑ってるんですからぁあああああああ!!」

僕は叫ぶけど、師匠はいつものように影の奥で笑っているだけだ。

うん……たぶんできっとでおそらくだけど大丈夫だろう。師匠の言うように僕もそこそこレベルが高いわけだし、一瞬でぽっくり行くことはないはずだ。ヤバいところに踏み入ったらそれはそれで気持ち悪くなってくるから気付くだろう。やっぱどう考えても鉱山のカナリア扱いだ。ひどい。

……いや、大丈夫。なんだかんだ言って師匠は僕のこと考えてくれてるし、ギリギリの状態になったら助けてくれるはずだ。そうじゃなかったら僕はすでにあの世に行ってるし。というか僕は現在進行形で神様のいるところを行き来してるわけだけど。

念のため虚空《こくう》ディメンジョンバッグからネットで買った酸素測定器を取り出しておいた。やだよ毒ガスとか酸欠とかで死にたくなんかないものね。自衛自衛。自衛は大事。

「えっと、師匠の目的ってなんのモンスの討伐および核石《かくせき》でしたっけ？」

「『熊山嵐《ザントベアー》』だ」

「ざんとべあー。なんか名前からして危険そうな香りがプンプン漂ってくるんですが、大丈夫なんですかね？　こう……ヤバいデカい熊さんがこんにちはしてくるとか、そんなイメージがバリバリあるんですけど」

「そこまで心配するような相手じゃないから安心しろ」

「それ、さっきと同じで師匠のレベルありきで言ってますよね？」

「大丈夫だって、心配するな。わたしの言葉が信じられないか？」

「信じる信じない以前の問題です！　重要なことなんですから答えて！　できればイエスかノーのどちらかで！」

　僕が食い下がると、師匠は一転して真面目な声音で言う。

「だが、こんなときのように知らない相手と突発的な戦闘というのもある。そのとき、自分の都合のいい方を選ぶことはできないだろう？」

　そうだ。できない。初めての階層へ踏み込んだときのバトルはいつでもぶっつけ本番だ。

「だから今回はこうして疑似的にそんな状況を作ろうということですか？」

「そういうことだ」

「……それいま即興で考えたわけじゃないですよね？」

「よくわかったな。お前、人の心を読む才能があるぜ？」

「そんな才能なくてもわかるわぁああああああああ!!」

師匠から僕のいつものエスパー的なボケをしっかりと返される。

そんな風に師匠に遊ばれているもとい弄《もてあそ》ばれていた折のこと。

ふいに師匠が何かに気付いたように指を差した。

「ほら、目的のヤツがあそこにいるぞ」

「あそこ？」

僕は師匠が示した方向に目を向ける。

しかしてそこにいたのは、ヤマアラシが生やしてるような針を背中から生やしているおっきな魔物だった。

もうね、すっごい既視感あるもの。あれだ。ポ〇モンだ。ポ〇モンのサ〇ドパン。あれをめっちゃでっかくして、もっとごっつくしたのって感じ。背中の針は長くてめっちゃびっしり生えてる。ヤマアラシ感すごい。それ以外の部分はなんていうか逆立ったドラゴンの鱗《うろこ》みたいなのがこれまたびっしり。大根とかすごくすりおろし易そう。

っていうかこいつのどこが熊なんだろうか。クマさん部分がどこを探しても見当たらないし、息もしてない。名付けた人を小一時間問い詰めたい。

そんな『熊山嵐《ザントベアー》』さん。口を開けてのっしのっし歩いていらっしゃる。もう餌を探して彷徨《さまよ》っている感がすごい。牙がすごいし。出会って五秒で即ご飯とか、突撃私が晩御飯とかになりそう。

うん。

「さよなら」

僕はノータイムで踵《きびす》を返した。やだ。あんなのと戦いなんかしたくない。

「おいおい、ここまで来てそれかよ」

「だってあんなデカいんですよ!?　せめて【採掘場】の『醜面悪鬼《オーク》』程度ならわかりますよ!?　これ、あれより一回り以上大きいじゃないですか!?」

「お前、あれよりもっとデカくて強烈なの倒してるだろ?」

「それはそうかもですけど!　やっぱりデカいのって脅威でしょ!」

威圧感ある。タッパがデカい、体重重いは戦いにおける大きなアドバンテージだ。

確かに僕も【屎尿の沼田場】にいる『溶解死獣《ポイズンキマイラゾンビ》』なる巨大怪獣を倒したことがあるけれど、なんていうかあれとは抱く危機感の種類が違うのだ。

あっちはまだRPGに出てきそうだからリアル感がふわふわで余裕を持てるけど、こっちは普通にバケモンとかクリーチャーなのですごく怖い。超おそろしい。

「今日はお前にあれを倒してもらう」

「いやー別に師匠が倒せばいいんじゃないかなって思う次第で」

「わたしはできるが、それだと面白くないだろ?　修行にもならん」

「いやー、僕別に面白さを求めてるわけじゃないんですよねー。修行もそんな気分じゃないし」

「じゃあ毎度毎度レベル上げようと頑張ってるのはどうなんだよ？　【暗闇回廊《くらやみかいろう》】でやってるアレも一種の修行だぞ？」

「いえあれは修行というか作業というかそんなのでして」

「だがレベルを上げるだけじゃ、真に強くなったとは言えないぞ？」

「それはそうですけど……」

「なら、やった方がいい。というかやれ。すぐやれ。いまやれ」

師匠の言い分は間違いないのでぐうの音《ね》も出ない。腕力やら何やらが強くなったところで、戦いの技術は身に付かないのだ。所詮僕がやってることなんて、お城の周りでスライムを狩り続けてるようなもの。そこに実戦的なノウハウなんてあるはずもないのである。

でも、あれと真っ当に戦うのは遠慮したいのはマジなわけで。

「そうだ！　師匠師匠！　正面から向かい合ってとかじゃなくてもいいですよね!?」

「構わないぞ？　それが魔法使いの戦い方だからな」

「ふははははは！　よーしそれならやっちゃうぞー！　撃滅しちゃうぞー！」

「自分の有利がわかるとすぐ気が大きくなるのなおまえ」

「なんとでも言えばいいんです！　勇ましさは戦いにプラスになる要素です！」

「わたしの後ろの方で言ってなきゃ本当に勇ましいんだけどな」

師匠にそんなことを言われながら、後方に陣取って張り切ってバトルに移行する。もちろんモンスターに声が聞こえないよう声量は落としているし、木の陰に隠れながらということは言うまでもないだろう。

「かっこわるいなー。お前なー」

「そこ、うるさいですよ！　勝てばいいんです勝てば！」

「わかったわかった。やってみろ」

師匠に急《せ》かされながら、僕は呪文を唱える。

「魔法階梯第二位格《スペルオブセカンド》、雷鳴嘶く紫電の棘皮《アメイシススパイク》！」

使うのは僕の属性である紫の魔法。雷攻撃である。

宙に浮かんだ魔法陣からでっかい雷のトゲが生成され、僕の手の動きに合わせて『熊山嵐《ザントベアー》』に飛んでいく。

満を持して撃ち放った僕の魔法は……全然効いてなかった。

いや、途中で気付かれて背中で防御されたのだ。

まさかあの剣山みたいな背中がそんな役割もこなせるとは思わなかった。

『熊山嵐《ザントベアー》』の背中はプスプスバチバチしてるだけで、火傷痕《やけど》の一つもない。

「マジ……？」

「言っておくが第二位格程度のヌルい攻撃は通用しないぜ？」

「それ先に言ってくださいよ！　……って、これで倒せないってこの階層結構なレベルですよ!?　森のすぐあとなのにそんなのってアリなんですか!?」

「そんなのは知らん。それに、わたしにとってはアイツも他の魔物とあまり変わらんしな」

「師匠のレベルで考えないでお願いだから！　――はっ！　待ってだから後ろから攻撃していいって言ったんですか!?　どうせ気付かれて正面から戦う羽目になるから！」

「ち、気付いてしまったか」

「この鬼畜！　純粋な僕のこと騙《だま》したのね！　弄ぶなんてひどいわ！」

「気持ち悪い声を出すな気持ち悪い声を。まったく……」

師匠といつもの茶番を繰り広げるけど、いまはそんな話を続けている場合じゃない。

僕たちの存在に気付いた『熊山嵐《ザントベアー》』は、獲物を見つけたとでも言うように、真っ直《まっす》ぐこちらに向かって邁進《まいしん》してくる。

……僕だって別に舐《な》めプしてたわけじゃない。大抵の魔物はいまの魔法で倒せるし、倒し切れなくてもダメージが入って動けなくなるor動きが鈍くなるのだ。だって雷だもん。

迷宮深度15～20の敵なら大抵倒せるくらいだし、そう考えるとこの階層のモンスターの強さはそれ以上だということだ。

あの『熊山嵐《ザントベアー》』とかいうモンス、見たところボス級《クラス》っぽい感じもしないし、この階層でスタンダードに出てくるモンスターだと思われる。おそらくここ【楽土の温泉郷】は深度20～30の難易度があると思われ。やっぱりこの階層まで来る途中の森の険しさが、低いレベルの冒険者《ダイバー》が踏み込まないようにするセーフティーネットだったのだろう。っていうかここのどこが楽土なんだろうか。楽土成分全然ないし、むしろ地獄とか魔界とかの方がふさわしいまである。温泉的にも。

「さて、向こうはお前に気付いたぞ？　どう倒す？」

「どう倒すって、魔法で倒すしかないじゃないですか……」

正直僕にはそれしかない。レベルが高いおかげでパンチやキックも強くなってるけど、それで戦うには僕の技術が足りなすぎる。それに、初めて戦うモンスターに正面からっていうのは正直言ってベストな戦術じゃない。

身体《からだ》がめちゃんこ頑強だとか、魔法にめっぽう強いとか。モンスターにも色んなのがいる。ゲームみたいにライフポイント制じゃないから、その一回のミスが命取りなんてこともよくあるのだ。ポ○モンの特性で最初の一発が無駄になったときの絶望感とか思い出してみて欲しい。思わず叫んじゃうもの。

……迷宮《ダンジョン》でのモンスターとの戦闘は、何の情報もなしにするものじゃないっていうのが冒険者《ダイバー》間の常識だ。正面ホールに置いてある『モンスターずかん（仮称）』に記載されている情報を参考にして戦いに挑むんだけど、今回のこいつはそれに載ってないので、手探り感ハンパない。

いや大丈夫。まだ僕には魔力もあるし、もっと強い魔法も使えるのだ。まだまだ尻込みするような場面じゃない。

『熊山嵐《ザントベアー》』を見据えながら、平時モードから迷宮モードへスイッチを切り替える。

――そう、こういうのは何より想像力を働かせることが重要だ。見た目から何をしてきそうだとか、そういうことを先手先手で考えておかないと痛い目を見る。

あの鋭い爪は丸太も容易《たやす》く切り裂きそうとか、背中の針とか飛ばしてきそうとか。それだけじゃなく、想像できないことをしてくる可能性もある。こっちが想像できることは全部できると思って動いていないとやられてしまうだろう。急にアルマジロみたいに丸くなって、こっちに向かって転がってくるなんてのもありそうだ。

そんなことを考えていた折だった。

僕の予想した通り『熊山嵐《ザントベアー》』はその場で飛び上がって丸くなると、まるで車のホイールを空転させたかのように高速回転する。

「ほう？」

「やばい――」

　僕は叫ぶや否や、その場から大きく飛び退《の》いた。

　次の瞬間、丸まった『熊山嵐《ザントベアー》』が僕のいた場所をものすごい勢いで通り過ぎて行く。まるで重い物が一直線に通ったかのように、轍《わだち》のような深い跡が付けられていた。

「あっぶっ!?　あっぶない！　やっぱりできるのか！」

　予想通り、モンスターは転がってきた。木々をぶっ倒しても止まらず進むし方向転換もできるらしい。

　やがてもとの形態に戻ると、今度は普通の形態のまま僕に向かって飛び掛かってくる。

　鋭い爪での一撃だ。

「うっ！」

　僕はなんとか杖《つえ》で防御するけど、受け止めきれずにふっ飛ばされた。地面をゴロゴロと転がる。受け身はきちんと取ったけど、背中とか結構痛い。それだけ衝撃が強かった。

　師匠の声が聞こえてくる。

「どうした？　殺意が足りてないぜ？　もう降参か？」

「まだです！」

「ふふふ、お前は追い詰められるとイイ顔をするよな」

「そんなこと言ってる場合じゃないでしょうがこのドS鬼畜師匠！」

そんな悪態交じりのツッコミを入れつつ、僕は『熊山嵐《ザントベアー》』に相対する。

今回の戦闘、結構余裕はなさそうだ。こいつは普通に強い。

そして有効な攻略法がない以上、素の戦闘で倒すしかない。

動きも早い。力も強い。位格の低い魔法は受け付けない。

なら、周りの物を利用して戦うということも念頭に入れるべきだろう。

岩とかあればそれを殴らせるなり、ぶつかるように仕向けるとかだ。

そうやって相手に時間的な隙を作らせつつ、その間に呪文を唱える。

でもこの辺りには大きな岩もないいし、木々もそこまで密集してない。

それを使って距離を取るってことも難しい。

でも魔法使いだからある程度の距離が必要だ。

『熊山嵐《ザントベアー》』が叫び声を上げげた。うるさい。耳が痛くなる。シャットアウトという名の我慢をしながら、僕は後ろに回り込むように動く。そこそこの巨体だからやはり旋回は鈍いけど、すぐに後ろを取れるほど容易でもない。

近付いてケンカキックの要領で蹴り付ける。腕の鱗で防御された。ダメージはない。返礼の爪攻撃をしゃがんで回避する。足は短いので蹴りは飛んでこない。だけど代わりに僕を踏みつけようというのだろう。足を前に出してくる。それはすぐに横に転がって離脱。立ち上がってさらに距離を取った。大丈夫。こいつの攻撃は予想できる範囲のものだ。

『いまのところ』という前提は付くけれど、即ゲームオーバーになるほど理不尽じゃない。

でも、あの叫び声《ハウリング》は鬱陶しい。ふいに打たれると虚を突かれて身体が一瞬硬直しそうになる。ならロを先に塞ぐか。いやそんなことをしてもこっちの隙が増えるだけだ。それなら普通に急所を狙って攻撃するべきだろう。一撃で倒せればそれに越したことはない。

ここは一度大きく距離を取るため、動きを加速させる『雷迅軌道《アメイシスオービット》』を使うべきか。

「魔法階梯第三位格《スペルオブサード》、雷迅軌道《アメイシスオービット》……」

思い立った瞬間、すぐさま魔法を行使する。

この状態から繰り出すイナヅマキックは強力だけど、倒しきれないと隙も大きいので選択肢から除外。やはり離脱に念頭を置いて動くべきだ。

そう考えて『熊山嵐《ザントベアー》』の動きを窺《うかが》うべく後ろを振り返ったそのとき、こっちに背中を向けているのが見えた。

「これは……」

先ほど予想していた相手の攻撃方法の一つが思い浮かんだ。すぐにその場に伏せる。断続的に続く弾丸のような風切り音。どれだけ背中にトゲのストックがあるのか。飛ばしている数と背中に付いていたトゲの数が合っていない。木々の倒れる音がする。とんでもない破壊力だ。なんていうか重機関銃にでも撃たれているんじゃないかと錯覚してしまう。

顔を上げる。『熊山嵐《ザントベアー》』がまた丸くなった。このままひき殺そうというのだろう。

空転ののち、再び一直線に向かってくる。

第三位格級の魔法を撃つけど、さすがに背部の割合が大きいためか跳ね返された。

先ほどと同じように飛び退いて回避。

この丸まる攻撃もかなりのスピードがあるので脅威だ。そのたびに周囲の環境を破壊してくるからそこにも気を配らなければならないのが厄介でもある。

……いや、そうだ。こいつは丸くなって転がってくるんだ。そのときだけ、こいつは僕を見ていない。攻めるべきはそこだろう。距離を取り過ぎるとさっきみたいにトゲを飛ばして遠距離攻撃を仕掛けてくるから、一定の距離感を保ちつつ動いて、相手が丸まって体当たりをしてくるのを待つほかない。

「魔法階梯第二位格《スペルオブセカンド》、雷鳴断く紫電の棘皮《アメイシススパイク》！」

打ち込む対象は僕だ。詳細に述べると僕の真下。僕には効力を発揮せず、足下の地面が大きく吹き飛んだ。

足下が崩れて、大きな落とし穴が出来上がる。

『熊山嵐《ザントベアー》』をここに嵌《は》める。あの巨体だ。容易には這《は》い上がれないだろう。

僕は穴から抜け出したあと、最低限の回避の軌道を取る。

『熊山嵐《ザントベアー》』が再び飛び上がって、さあ丸まるかと予想した直後。

『熊山嵐《ザントベアー》』は丸くならずにその場に着地。すぐさま僕に背中を向けた。

「ちょっ、ここでフェイント!?」

モンスターには珍しい頭脳プレーを目の当たりにして、僕は思わず声を上げる。

ヤバい。すでに回避の軌道を取ってるので、いまさら動きを変えられないし、さっきみたいに身を伏せるのも、地形が悪くて難しい。

「ふんぬぁあああああああああああ！　負けるかぁあああああああああああ！」

頑張ってトゲの飛んでくる軌道から脱出。もちろん死に物狂いだ。あんなのに当たったらボロ雑巾になるだけじゃ済まない。身体がバラバラになって吹っ飛んで死ぬ。全身を強く打って～とニュースで流れちゃうような案件なんてほんと勘弁して欲しい。

『熊山嵐《ザントベアー》』はその隙を狙って、丸まり回転攻撃。

落とし穴の軌道にはいない。だけど、チャンスはここしかない。

「魔法階梯第二位格《スペルオブセカンド》！　雷鳴嘶く紫電の棘皮《アメイシススパイク》！」

魔法を回転攻撃の軌道上にぶち込むと、地面が抉《えぐ》れる。『熊山嵐《ザントベアー》』はそこにぶつかった反動で、軌道が変化。落とし穴の方へ向かって行き、やがて穴の中に落ちた。

カップインだ。

あとは、そこに魔法を撃つだけ。

呪文の詠唱に時間がかかるけど、『熊山嵐《ザントベアー》』は這い出てくるのに難儀しているようで、時折爪が穴の口から見えるのみ。ジャンプはできるけど、自重のせいで高さを稼げない。

縁に掴《つか》まって這い出ようとしてもやはり自重のせいで思うように上がって来られない。出るためには穴の上部を掘り崩すしか手はないので、これも時間がかかる。

つみ、ってヤツだ。

やがて、僕の詠唱が完了。

「――魔法階梯第四位格《スペルオブフォース》！　電牢羂索《アメイシスジェイル》！」

巨大な電気の檻《おり》が球状に広がり、やがて落ちた穴の上で半球状の蓋《ふた》になる。

強烈な紫の発光と電気が弾《はじ》けるような大きな音、そしてそれに交じる『熊山嵐《ザントベアー》』の絶叫。

しばらくの間、明滅が目を脅かしたあと、電気の檻は消え去った。

慎重に穴を覗《のぞ》き込む。しかして『熊山嵐《ザントベアー》』は高火力の魔法を食らって絶命していた。ピクリとも動かない。

「……ふう、やった」

穴の中に飛び降りて、雷で倒したときの恒例行事である足でふみふみを少ししてから、モンスターを切り裂いて核石を取り出した。結構デカい。やはりこいつは強力なモンスターで間違いなかった。

穴の上から、師匠が顔を覗かせる。

「やるじゃないか」

「なんとかやりましたよ……久しぶりにしんどい戦いでした」

「にしては怪我《けが》らしい怪我もないじゃないか」

「一発でも致命的になるんですから、怪我なんてしてられませんって。僕が疲れたのは精神的にと脳みそ的にです」

「随分考えていたようだったからな」

「師匠だったら魔法一発で倒せたでしょうけど」

「当然だ」

さらりと言えるのほんとこわい。さすが師匠だ強すぎる。

「しかし、『熊山嵐《ザントベアー》』も面白い攻撃をしてきたな。まさか丸まって攻撃してくるとは思わなかった」

「あれ？　師匠のときはあれ、やらなかったんです？」

「ああ。わたしはあんな攻撃見たことがない」

「そうなんですか。じゃあ見れて良かったかもですね。いま見ておけば次に不意打ちってことにはならないでしょうし……っていうか師匠は相手に攻撃させないですよね」

っていうか、師匠ならさっき言ったように一瞬で倒してしまうだろうしね。

「…………」

「師匠？」

「お前。もしかしてだが、あいつが転がる前に転がって攻撃してくる可能性を考えなかったか？」

「え？　あ、はい。考えました。背中の針を飛ばして来るんじゃないかとか、転がって突進して来たら危ないなーとか」

「やっぱりか」

「やっぱりって、どういうことです？」

「……いや、わたしの考えが少しだけ核心に近付いただけだ。今日はお前を連れて来て正解だったかもな」

「はぐらかさないで教えてくださいよ」

「まだ『そうかもしれないな』って程度だからな。迂闊《うかつ》なことは言えん」

「むう」

　僕が教えてもらえないことに膨《ふく》れていると、師匠はケラケラと笑って答える。

「ただ一つだけ、忠告だ。今後はあまりそういった想像はしない方がいいかもしれない」

「しない方がいいって、でも戦いってやっぱりいろんな状況を想像しておかないといけないと思うんですが。現に僕も今回それで助かったわけですし」

「それはそうなんだが……ふむ、なんと言えばいいかな。他に知っている人間が少ないとか、遭遇した記録が少ない魔物とかにはやるなってことだ」

「？？？　よくわかりませんが、今日みたいな誰も来たことのないような階層のモンスターには、そうした方がいいってことですか？」

「そうだ。そういう風に覚えておけばいい。特にお前は別の世界の人間だからな、この世界の他の連中が想像もしないようなことにまで考えを巡らせる傾向にある。それが命取りになりかねん」

　ということは、だ。

「……もしかしてそのせいでさっきの攻撃が出たってことですか？」

「可能性があるってだけの話だ。その辺りは話半分に聞いておけ」

「でもおかしな想像は巡らせるなっていうのは守った方がいいんですね？」

「ああ。やめておいた方がいい。今日はそれで倒せたのかもしれないが、その広範な想像力がいつでも強みになるとは限らないからな」

　マジトーンの師匠の話は守る必要がある。

　しかし、これは結構な制限だ。初めて戦う相手というのは何をしてくるかわからないから、先々の行動を予想して戦うのが普通だ。特に初めて入る階層のモンスターなんてなにがなんだかわからないから、思考を巡らせないといけない。それを制限されるということは、それだけ攻略難度が上がるということだ。

でも、話を聞く限りだとモンスターが僕の考えたことをエスパー的な能力で読み取っているという感じじゃないらしい。それならいままでもそうあってしかるべきだし、そんなことができるなら、そもそもモンスターだってもっとうまく立ち回るはずだ。

どういうことなのだろうか。他のモンスターは良くて、誰も遭ったことのないモンスターだけがダメ。その辺りの線引きがよくわからない。

ともあれ穴から這い上がって、師匠に核石を渡す。

「はいどうぞ。核石です」

「ああ。助かるよ」

師匠が虚空ディメンジョンバッグを開き、そこへ核石を放り込んだ。

そして、

「さ、先へ行くぞ？」

「え？　いえ、目的も達成したし今日はもうこのくらいでいいんじゃないですか？」

「おいおい、もう帰るつもりなのかよ？」

「いや、僕疲れたなー。身体だるいなー。おうち帰りたいなー」

気だるげオーラをマックスにして、帰りたいという気持ちを前面に出しているのだけど、師匠は全然聞いてくれなさそう。むしろ、望むところだという風にニヤリと不敵に笑い出す。

「ならちょうどいい」

「あのー、お師匠様？　何がちょうどいいのでしょうか？」

「何がって、お前ここに何があるか思い出してみろよ」

「ここにあるものって、そんなの温泉くらいしか――はっ!?」

「折角だ。温泉にでも浸《つ》かっていくぞ」

そう、ドキドキわくわくお風呂タイムの始まりだった。

師匠の提案をホイホイ聞いて、彼女のあとをついて行くと、川沿いに出た。

森や林、地面や雑草等の目に痛い色味から打って変わって、水質はとても綺麗。鉱物的な影響とか、そういったものが一切感じられないくらいに美しい。三大清流とか清流百選とかに選ばれそうなくらい、澄んで綺麗で透明だった。直で飲めそう。飲まないけど。

というかこの辺り、水気が多いせいか薄くだけど霧が立ち込めている。

「ここって霧が出てるんですね」

「ん？　霧、まあ霧でもあるな」

「霧でもある？　ん？　これって……」

霧に触れてみると、あったかい。もしかしてこれって。

「湯煙ですか？」

「そうだ。温泉に近付いているからな」

「わーすごーい。温泉に入れるわくわくがある反面、有毒ガスが噴出してるかもっていう緊張からくるドキドキもありますねーあははー」

心ここにあらずというか、毒ガスの方が気になり過ぎてついつい棒読みになってしまう。いま僕の目からは、ハイライトが消え失せていることだろう。それくらいに危機感があるわけだ。

「温泉に入れるのは嬉《うれ》しいのか？」

「ええ。僕温泉好きですし、入れるのは嬉しいですよ？」

「嘘を吐《つ》け。わたしと一緒に入れるからだろ？」

「そそそそそそそそんなことはなきにしもあらずですよ！」

「あるのかよ。お前は妙なところで正直だよな」

だって女性と混浴だもの。そんなことになったら男子高校生のテンションなんて、ゲージマックスになったあと、限界突破するに決まってる。

僕は師匠と共に温泉に近付く。目的の場所は意外に普通で、僕の予想に反して地獄は露出していなかった。川原であるため、周囲はほとんど石ばかり。川べりに温泉が溜《た》まった小さなプールが点在しているといった状況だった。よくある自分で湯船を作れるタイプの温泉だ。池や沼みたいになっているところだったら入るのすごく躊躇《ちゅうちょ》するけど、石ばっかりなら綺麗だし抵抗感が少ない。ザ・天然露天温泉。

こういうところってお湯が熱くても川の水を入れれば冷やせるから入りやすい。

あとは自分で温泉のお湯をせき止めて、入るスペースを作ればいい。

「ガスは大丈夫なんです？　あとお湯の人体への影響とかは？」

「悪い影響はないはずだ。わたしが入ったときはなんともなかったぞ？」

「だからそれは師匠のレベ（以下略）」

「お前は頑《かたく》なにわたしのことを信じようとしないよな？」

「普段の言動のせいです。毎度毎度おちょくられる身にもなってくださいよ」

「にしては戦いの助言は訊《き》くだろうに」

「そっちは全面的に信頼してますので」

そう、師匠はきちんと師匠してるのだ。やることがあくまなだけで、そっちはマジだ。むしろそっちだけなら信頼というか崇拝レベルまである。

僕は周囲にある石を使って手早く入浴スペースを確保する。大きな岩でもレベルの暴力のおかげで軽々運べるから、こういうときはほんとありがたい。引っ越しのアルバイトとか一人でこなせるだろう。見ている方は不思議がるだろうけどね。

「お湯、そこまで熱くないですね。これならちょっと水を混ぜるだけで良さそうですよ？」

「ちょうどいい温度で頼むぜ？　ちょっとでも熱かったらお仕置きだからな」

「ええー!?」

「ええーじゃない。それくらいできるだろ？　自分がちょうどいいと思った湯加減でいいんだからな」

「でもお仕置きあるんでしょ？」

「当然だ」

「ひどい」

ふんぞり返りながら、そんなひどいことを平気で言う鬼畜あくま。そんな非道なセリフを息を吐くように口にできる師匠に戦慄《せんりつ》しながら、僕は川の水を引き込んで、お湯の温度を調整する。熱くもぬるくもなく、湯加減はバッチリだ。さすが僕である。

「これで大丈夫ですよ」

「じゃあそろそろ入るか」

「は、はい」

僕は緊張しながら、師匠の言葉に追随する。

っていうか師匠はなんでそんなに余裕なんだろうか。年齢なんて僕と三、四歳くらいしか違わないはずなのに。やっぱりあれか、経験が豊富だからなのか。

僕は服を脱いだあと、リュックの上で畳んでそのまま載せておく。

まあでもよくよく考えれば、何が見えるってわけじゃないんだから、そこまで緊張する必要もないんだよね。その辺りちょっぴりというかものすごく残念なんだけど。

いまは温泉をゆっくり楽しもう。それがいい。

銭湯とか温泉よろしく、手拭いを頭の上に載せて、即席の湯船に足を入れる。

そのまま、ゆっくり身体を落として肩まで浸かった。温泉はやっぱり気持ちいい。さっきの苦労が吹っ飛びそうだ。

「あー、温泉最高……」

そんな風に、いろいろ癒されていた折のこと。

「ミュー」

どこからともなく、妙な鳴き声が聞こえてくる。

辺りを見回すと、見たことのない生物が奥の草むらから顔を出していた。

鳴き声の主は、エメラルドグリーンの体毛を持つ、体長二十センチ～二十五センチ前後の小動物だ。

目はつぶらで真っ黒。耳は大きく毛がふさふさ。前足後ろ足はそれほど長くなく、かといって短すぎる感じでもない。目を惹《ひ》くのは額に埋まった無色の宝石だろう。日光を反射してキラキラと輝いており、見ようによっては大きなダイヤモンドのようにも見える。

喉元《のどもと》には雌のウサギが持つようなモフが備わっており、足はまるで靴下をはいているみたいにその部分だけ白い。ソックスタイプの靴下猫を思わせる。

細長い三又の尻尾が付いているのも特徴的だ。

なんていうか、だいぶ幻想的な生物だ。川原にある温泉とかだいぶ日本な感じするけど、いま異世界にいるってことを改めて実感させられる。

この可愛《かわい》い小動物、どうも敵意はない様子。モンスターとも違うようで、威嚇《いかく》とかもしてこない。

「うーむ。手招きしたらこっちに来るかな？」

そう言って、おいでおいでをすると、興味を示したのかテトテトと歩み寄ってくる。

そして、僕の前でちょこんとお座り。それをいいことに頭を撫《な》でると、気持ち良さそうに目を細めた。逃げるような様子もない。結構人懐っこい生物らしい。

「ほーら、ここととかどう？」

「ミュミュ」

耳の横を軽く掻《か》くようにして撫でると、機嫌の良さそうな声を上げる。

「じゃあこっちは？」

「ミュー！」

「あ、ここはダメか」

顎の下を撫でると、嫌がるように首を横に振った。

撫でる部分を頭の上に戻すと、やはりそこがいいのか、石の上で大人しくなる。

かわいい。迷宮《ダンジョン》じゃこんなことできるのアザラシくんのところくらいしかないので、すごく癒される。

そんな風に思っていたときだ。

カプ。

謎の可愛い小動物が、僕の人差し指を咥《くわ》え始めた。

「ほえ」

僕の人差し指を咥えたまま、放す様子もない。

なんか微妙にチューチュー吸われているような感覚もある。ちょっとかわいい。

そんな風に僕が異世界謎生物に構っている中、背後から水音が聞こえてきた。

師匠も温泉に入ったのだろう。

「ほう？　『玉端獣《カーバンクル》』か。珍しいな」

「なんでしょうこの子。この階層の野生動物ですかね？」

「みたいなものだ。そいつは魔物とのあいの子のようなものさ」

「魔物とのあいの子って……でもなんか邪悪な感じしませんね」

「魔物だからといって全部が全部悪いものというわけじゃない。そうじゃないものもいるのさ」

「へぇー」

まさかこの子、分類は魔物だったとは。混合種とか初めて聞いたけど、そんなのもいるんだね。びっくりだ。

「この、『玉端獣《カーバンクル》』でしたか？　そんなに珍しいんですか？」

「らしいぜ？　なんでも昔はそいつの額の宝石を巡って乱獲が起こったほどだったそうだ」

「それはまた……」

「かわいそうな目で見る必要はないと思うぞ。基本的に返り討ちに遭うヤツの方が多かったようだからな」

「え？　この子そんな強いんです？」

「『玉端獣《カーバンクル》』は相手の魔法の力を吸い取るからな」

「魔法の力って……魔法を吸い取るとかめちゃくちゃヤバいヤツなんじゃ……」

「しかも吸い取った属性ごと、何倍にもして撃ち返してくる」

「なにそれ殺意たっか」

魔法でリアル何倍返しとか恐ろしい。位格の低い魔法を撃ったら、もっと位格の高い魔法になってくるとか魔法使いの天敵みたいな小動物だ。

僕が顔を引きつらせていると、師匠は無用の心配だというように言及する。

「ま、何もしなければ家飼いの犬猫と同じで無害なものだ」

「そうなんですね。それなら良かった」

なら、こうして指をチューチューチュパチュパ吸っているだけのかわいい動物なのか。

……ん？　あれ？　ということは？

「……あの師匠？　もしかしてこれって」

「それか？　魔力を吸ってるんだろ。お前の魔力はものすごく質が良いからな」

「ちょ、吸い取られてるー！　害ないって話したばっかかじゃないですか！」

「わたしには害が（以下略）」

「今日はほんとそればっかかですねぇえええええ!?」

僕は魔力を取られまいと指を口から引き抜こうとすると、『玉端獣《カーバンクル》』は前足で僕の手をホールドしてきた。力が結構強い。引きはがせない。

「は、放してってば！」

「ンミゅぅうううううう！」

前足でギュッとホールドされる。放してくれない。というか魔力をちゅーちゅーすることはそんなに必死になるようなことなのか。

僕と『玉端獣《カーバンクル》』がそんな攻防を繰り広げていると、

「まあ吸われるにしてもお前にとっては微々たるものだろ。満足するまで吸わせてやれ」

「……わかりましたけど、でもどうして師匠は僕の魔力の質が良いって知ってるんです？　やっぱそういうのレベルが高くなるとわかるようになるものなんですか？」

「わたしもときどき吸ってるからな」

「そうですね。誰も彼も僕の意思はお構いなしなんですね……」

どいつもこいつもひどい限りである。

そんな会話の中『玉端獣《カーバンクル》』の額の宝石が、段々と紫色を帯びてくる。

僕の魔力を吸い取っているからこんな色になっているのだろう。僕はアメイシスのおじさんの加護を受けた紫の魔法使いだ。色もそっちに準拠するんだろうと思われる。

やがて『玉端獣《カーバンクル》』は満足したのか、僕の指を放してくれた。

そしてお礼とでも言うように、手に顔をすりすりしてくれる。

可愛い。それだけで許してもいいやって気になる。可愛いは正義とか、かっこいいは正義とか、本当にこの世の正義はぶれぶれである。

『玉端獣《カーバンクル》』から解放されたので、僕は師匠の方を向いた。そのときだった。

「――ほえ？」

思わず、妙な声が出てしまった。

そう、そこにいたのは、とんでもない美女だった。

長い黒髪を持った年上の女性だ。年齢は僕より三、四歳上くらいで、白い肌を持った超絶美人。しかもそれが、全裸でお湯に浸かっている。どこに目を向けても、もう大人って感じの肢体だ。お胸はたゆんとしているけれどお湯に浮いているという相反する状態を両立している。おっきい。

いまは優雅に髪をかき上げ、足を組み、温泉の入り心地を堪能していた。

脳みその処理が追いつかない。

「どうしたアキラ？　間抜けみたいな顔をして」

「いや、え、は……はわわわわ!?　あの、あのあのあの！　いま僕の目の前にいらっしゃるお美しいお姉さまはどちらのお方なのでしょうか!?」

「わたしだが？」

「お、お美しいお姉さまから師匠の声がする！」

そんな感じで、僕は混乱の極みにあった。

そんなことを言っていると、師匠は半ば呆《あき》れたような表情を見せる。

「お前はアレだな。わたしと、わたしの本来の姿を頑なに同一のものにしたくないらしいな」

「それが本当に同一のものだったら滅茶苦茶嬉しいですけど、これが何らかの魔法とか幻覚とか僕が昼間に見てる夢とかだっていうのは否定できないわけで」

「ほう？　夢と思うなら覚まさせてやろうか？」

師匠はそう言うと湯船を泳ぐようにして僕に近付いて来て、顎を指でクイってしてきた。

「ほ、ほほほほんとに、本当に師匠なんですか!?」

「そうだ。わたしだ。それ以外にあるか？」

もうびっくりだ。綺麗な女性なんだろうなとは思っていたが、まさかこんなにとは。恐れ多いまである。

そんな中、師匠の視線が下に向けられる。どこを注視しているとは言うまい。

そして、

「なんだ。びっくりしている割にはこっちは元気じゃないか」

「そ、それはだって健全な男子ですから！　そうなってしまうのもやむなしと言いますか！」

「やむなしというか、なんだ？」

師匠はそう言いながら、身体をグイグイ寄せてくる。

しかも、とある主張の激しい部分がくっつきそうになっているので、いろいろヤバい。

「し、師匠!?　迫ってこないで！　というか決して迫ってきて欲しくないというわけではないといいますか圧が！　圧がすごいですそれが具体的になんの圧かというのは僕の口からは言っていいのか悪いのかわからないことではありますけど！」

「なんだよ？　何の圧か言ってみろよ？」

「そ、その………おっぱい、です」

「だろう？」

　ふよん。

「ほわぁあああああああ!!」

　師匠はおっぱいを改めて見せつけるもとい感じさせるように、僕の胸元にくっ付けてくる。もうね、くっ付かれたときの衝撃がすごい。ものすごい。とんでもなく性能のいいクッションが押し付けられたって感覚があるんだけど、それに反してものすごい重量物に衝突されたっていう感覚もある。相反している事柄ってこういうことなんだねっていうのを体験させられたって感じ。もう体積的にも面積的にも。柔らかいし。おっぱいってホントすごい。

「あ、ああ、うあ、ああ、いあ、いあ」

「さすがに刺激が強すぎて脳みそ破裂しそうか？」

「だ、だだだだだって！　だってですよ！　健全な男子高校生には刺激が強すぎますってこんなの！」

「わかったわかった。離れてやるから少し落ち着けよ」

　師匠はニヤニヤしながら僕から離れた。名残惜しい。滅茶苦茶好きなアニメの地上波放送の最終回を見終わったときの虚無感溢《あふ》れる心境だ。おちょくられているとはわかっていても、喪失感が付きまとう。

師匠は離れ際に『玉端獣《カーバンクル》』を抱き上げる。

そのまま一緒に即席湯船の中へ。『玉端獣《カーバンクル》』は抱かれたまま、暴れもせずに大人しい。

師匠は先ほどの位置に戻って、手ごろな石の上に頭を載せ、また足を組んだ。

白く綺麗なおみ足が湯から顔を出して、なんだかすんごい艶《なま》めかしい。

僕が落ち着かないでいると、やはり楽しそうにニヤニヤ。もう僕の反応をわかっててやってるよあれ。なんか手玉に取られてるようでちょっと悔しい。

師匠が『玉端獣《カーバンクル》』を撫でる。

「よしよし」

「ミュー」

「そうだな。お前の名前は『くつした』がいいな」

師匠はもはや名前をお決めになったらしい。靴下猫に付ける定番の名前だ。

「……っていうか、順当に考えてそれが師匠のもとの姿ってことなんでしょうけども」

「ああ、これはわたしの本来の姿だ」

やっぱりなのか。

「どうして急にもとの姿に戻ったんですか？」

「ここの温泉の効能だな」

「効能って、一体どんな効能ですか。温泉って普通身体を癒すものでしょう?」

「お前は何を言っている?　温泉は魔力的な恩恵があるものだろう?」

なんか師匠との認識に齟齬《そご》が出る。温泉に魔力的な恩恵ってなんのこっちゃだけど。

「あの、もしかしてこっちの世界ではそれが常識なんです?」

「そうだ。だがその口ぶりだと、お前の世界は違うようだな」

「ええ。怪我や病気を癒したりするのが効能です。そっかー、その辺こっちとあっちで違うのかー」

「こっちはその辺、治療の魔法やポーションがあるからな」

それが理由になるのかわからないけど、魔法の存在する異世界だし、そういうことがあってもおかしくはないのだろう。だけど、某漫画の中国に出てくる、女になるとかパンダになるとかいうヤベー泉か何かみたいな感じがする。

「じゃあ魔力的な恩恵のおかげで、もとの姿に戻ったということですね?」

「ああ。ここは浸かっている人間の属性を抑制する効能があるんだよ」

「属性を抑制、ですか?」

師匠が「そうだ」と言って頷《うなず》く。

だけど、その属性云々《うんぬん》が、どうして師匠が元の姿に戻ることに繋がるかが、ピンとこないしわからない。

「そして、わたしにとってこの温泉の代わりになるのがこれだ」

師匠は先ほど手に入れた『熊山嵐《ザントベアー》』の核石を虚空ディメンジョンバッグから取り出す。

「核石、ですか？」

「そうだ。核石というのは魔物を寄せ付けない以外にも様々な力を持つ。これを使えば、わたしのこの状態も解消できるというわけだ」

「そうなんですね。もう結構集めましたけど、その量じゃダメってことですか？」

「まだだな。もっと必要だ」

そうなのか。これまでいろいろ倒したり、でっかいのも倒してきたけどまだダメなのか。

「でも、それってどういう理屈なんです？　魔物除《よ》けと師匠の状態の改善とか、全然関連性ないような気がしますけど」

魔物が嫌がる波動的なものを発するのと、師匠の状態をもとに戻すこと。あとはこの温泉の効能である『属性を抑制する』を踏まえても、やっぱりどこかしっくりこない。核石にいろんな効力があるにしても、一貫性がなさすぎるのだ。そもそも師匠の状態っていうのが何なのかよくわからないので、考えるためのスタートラインが引かれていない状況にあるのだ。答えが出せないのも仕方ない。

師匠にそんなことを話したんだけど「それは……またおいおいな」ということではぐらかされた。

すると、師匠がふいにため息を吐いた。

「全部自分で取りに来られれば一番いいんだがな」

「あー、それをするには魔力が足りない、と」

「なんだお前？　気付いてたのかよ？」

「そりゃあ僕だって伊達《だて》に師匠の修行を受けてませんよ。それくらいわかりますって」

そう。師匠は基本的に魔力が少ない状態に陥《おちい》っているのだ。

もちろん迷宮《ダンジョン》に潜るときはきちんとした余力を持った状態で臨んでいるみたいだけど、バンバン使えるほどではないし、高威力の魔法も控えている傾向にある。

たまに使うときは、僕が本気でピンチになったときとか、僕が倒せないモンスが出たときとか、あとなんか憂《う》さ晴らし的な八つ当たりで使うね。師匠ってふいに「殺すか」とか言い出すもん。ほんと師匠は殺意がインスタントなうえ高過ぎる。バランスが釣り合ってない。

まあそんな感じだから、こうして僕を迷宮《ダンジョン》に連れ出して、目当てのモンスターを倒させているというわけなのだ。

そんなことを考えていると、ふいに師匠が立ち上がって僕の隣に腰掛けた。

そして、僕に寄り掛かるように肩を寄せてくる。

師匠の表情は、どことなく深刻そうだった。

「……わたしだって、早くもとのわたしに戻りたいんだ。このままじゃ人前にも出れやしない」

思いのたけを吐き出すように。

それは、師匠の嘘偽《うそ》りない本心だったのだろう。

これまではこんな弱音みたいなこと吐き出したことなんてなかったけど、こんな状態なのだ。日常生活なんか送れないし、下手に人前に出ればモンスターと勘違いされて追っかけ回される恐れがある。不安は常に付きまとっているのだろう。

師匠が口にしたのは一言、二言。でもそれだけで、どれほど師匠にとって重いものなのかはよくわかった。

……師匠の姿は、出会ったときからずっとこんな感じだった。だからこうして迷宮《ダンジョン》に潜るのも、僕をけしかけてモンスターの核石を欲しがるのも、ひとえに元の姿に戻りたいがためなのだろう。僕もなんとなくそれがわかっていたからこそ、こうしてなんだかんだ言いながらも迷宮《ダンジョン》に一緒に潜っているのだ。

だから。

「お手伝いしますよ。師匠のためなら僕、頑張りますから」

「いいのか？　今後も危険なことに付き合わせるぞ？」

「ええ。師匠に鍛えてもらったので、ちょっとくらいならへっちゃらですし」

「いつもはそんな強がり言わないクセに」

「マジに頑張らなきゃならないときは、僕だって多少男気見せますよ」

「お前が男気とか似合わんなー」

らしい。まあ僕も言ってて似合わないなとは思うよ。自分で言っててすんごい強がりを言ってるように思うし。

とまあ、そんな折のこと。

「……ありがとう」

「え？　なんです？　なんか言いました？」

「いや、なんでもないさ」

師匠はそう言うと、再び不敵な笑みを見せる。

それに師匠だってなんだかんだ僕のことを考えてくれているのだ。

だから、僕も師匠の力になってあげたい。

そんな風に思っていると、師匠が僕の方にもたれかかってくる。

しばらくそうしていたあと。

「あの、なのでですね、僕が頑張るその代わりと言ってはなんですが……」

「ほう？　条件を付けるのか。まあ別にわたしは構わないぞ？」

「じゃ、じゃあその辺、よろしくお願いしますといいますか」

僕がその条件を切り出そうとすると、師匠は突然僕の前に出て、四つん這いになってお尻を僕の方に向けた。

形が良くてボリュームのあるお尻が僕に向かって突き付けられる。

お湯にぷかりと浮く二つの丘。張りが良くて、形が良くて、すべすべで綺麗で、とても目に毒だ。

何が何だかわからない。師匠は一体どうしてこんなことをしているのだろう。

僕は突然のことに困惑しまくりだ。

「え？　あの、師匠？　どどどどどどうしたんです!?」

「どうしたって、どうしたもこうしたもないだろう？　ほら、わたしと（ばきゅばきゅーん）したいんだろ？」

「ちょっ!?　あわわわわわ！　（ばきゅばきゅーん）って！」

「だから、男と女が裸になってする（ばきゅばきゅーん）のことだ。（ばきゅばきゅーん）」

「その代わりって、その代わりにそういうアダルトな感じの行為をするって話じゃなくてですね!?」

「ん？　そうなのか？　だから、てっきりそういう要求をしてくるのかと」

「違いますよ！　僕はそんな鬼畜なヤツじゃありません！」

「なんだ？　お前はわたしと（ばきゅばきゅーん）したくないと？」

「だから師匠発言がストレート過ぎですって！」

「ほら、どうした？　早く来いよ」

師匠はそう言って僕を挑発するようにお尻を振る。そのせいでものすごく大事なところというか女性のセンシティブな部分というかそんなところがしっかりと見えてしまう。ヤバい。何がヤバいって僕の理性がヤバい。さっき以上に沸騰《ふっとう》を通り越して蒸発しそう。

「いえですね！　僕は決して師匠とそういうことがしたくないというわけじゃなくて心の準備がというか女性とそういうことをする間柄になるのはきちんとしたお付き合いっていう段階を踏まないといけないというかなんといいますか！」

僕が半ば混乱気味にそんなことを一生懸命訴えると、師匠は笑い出す。

「ヘタレだなぁお前はさ」

「だってしょうがないじゃないですか！」

「そんなことだとその内チャンスを逃しまくって、枯れてしまうぜ？」

「そんなことありませんよたぶんできっとでおそらくだけど！」

「わかったわかった」

師匠は面白い見世物でも見ているかのように笑いながら、体勢をもとに戻す。

……僕はいま、とてつもないチャンスを逃してしまったのだろうか。いや。ダメだ。場の雰囲気に流されて勢いで……なんてのは絶対良くない。お互いに。

……師匠はさっきのように、僕のすぐ横に腰掛けて肩をくっ付けてくる。

そして、僕に顔を近付けてきた。

「で？　結局代わりの条件ってなんだったんだよ？」

「えっとですね。修行をもっと優しいものにして欲しいなって」

「それはできない。それじゃ修行にならないだろ？」

「……ですよねー」

わかりきっていたけど、無慈悲で残酷な宣告だった。地獄のスパルタ魔法修行は今後も続行。方針を変える気はないという固い意志が感じられる。

きっといま僕の目からは、ハイライトが失われていることだろう。修行コワイ修行コワイ修行コワイ。

「なあ」

「はい？」

「頑張ってくれるのか？」

師匠に抱き着かれた。もう一度言う。抱き着かれた。師匠のお美しい顔が滅茶苦茶間近にあって、目がとろんとしてる。

「それは……ははははは、はい！　頑張ります頑張ります頑張らせていただきます！」

僕が焦りながら叫ぶと、師匠の表情が一転、にやりと不気味な笑みに変わる。

しまったと思ったときにはもう何もかも遅かった。

「アキラ、言質《げんち》は取ったからな？　じゃあ次はどこに行こうか。【空中庭園《くうちゅうていえん》】なんてどうだ？　あそこの『嵐帝《ストームレイド》』なんて面白そうだと思うが？」

「す、すと、『嵐帝《ストームレイド》』ってあそこは無理でしょレベルが足りません！」

「【常夜《とこよ》の草原《そうげん》】よりもちょっと難易度が高いくらいだろ？　いけるいける」

「いけません！　っていうか【常夜の草原】だって僕まともにモンスターと戦ってないんですよ!?　それなのにそんな高深度階層のボス級《クラス》とか無理！　ちょう無理！」

「でもなー、さっきお前『大好きな師匠のためなら命を懸けて頑張る』って言ってくれたしなぁ」

「ちょっとぉおおおお！　増えてる！　なんか過剰な文言が増えてる！　事実を捏造《ねつぞう》しないで！」

「似たようなものだろ？」

「似てないです！　いまのナシ！　いまのナシの方向で！」

「ダメだからな。男が一度口にしたことを覆すなんて許されないぜ？」

「いやぁあああああああああ！　師匠卑怯《ひきょう》すぎぃいいいいいいいいい！　色仕掛けなんていくらなんでもズルいよぉおおおおおおおおお！」

力の限り叫ぶけど、それで何が変わるわけでもない。

完全に師匠に嵌《ハ》められてしまった。そんなのお前がハメなかったせいだとか言い出す下ネタ万歳な諸兄はお黙りくださいませ。

……その後しばらく師匠と一緒に温泉でまったりしたあと、迷宮《ダンジョン》から帰還して、受付へと向かった。


受付では、アシュレイさんがいつものように出迎えてくれた。

「クドー君。お帰りなさい。潜行《ダイブ》お疲れ様」

「アシュレイさん、ただいまです！」

僕がアシュレイさんに返事をすると、彼女はその態度から何かを読み取ったのか。

「あら？　なんか機嫌良さそうね。迷宮《ダンジョン》で何かいいことあった？」

「ええまあ！　嬉し恥ずかしドキドキが待っていましたから！」

「はい？　迷宮《ダンジョン》でそんなのあるの？　てっきり魔物関連でなにかあったのかと思ったんだけど」

「……そっちも、ええまあ」

モンスター関連のことでいろいろ思い出して、げんなりする。『熊山嵐《ザントベアー》』と戦ったこととか、師匠に言質を取られたこととかだ。まだ【空中庭園】とか高深度階層行きたくない。

それはともかく、

「あの、ちょっとアシュレイさんにお願いがあるんですけど」

「お願い？　私に？」

「そうです。ちょっと頼まれてもらえませんかね？」

「えー？　クドー君、私のお願いは聞いてくれないのに自分のお願いは聞かせようとするのね。ひどいわ。あなた女の子泣かせるわよ？」

「いやいやお願いは圧倒的にアシュレイさんの方が多いですし、聞かなきゃならないことは聞いてると思いますけど」

「まあね」

「………………」

なんだ。この人も僕をおちょくるのか。今日は本当に誰も彼もひどい限りである。ビキビキ。

「それで、お願いっていうのは？」

「これっていうか、この子なんですけど」

「はい？」

僕が背中のリュックを揺すると、その上に乗っかっていた『玉端獣《カーバンクル》』が、帽子の上にひょこりと顔を出した。

「ミュー」

アシュレイさんは『玉端獣《カーバンクル》』を見て、目を真ん丸にさせる。

「は？」

「なんていうか、迷宮《ダンジョン》からついてきてしまいまして……」

そう。今回の冒険の帰り道のこと。師匠と歩いていると、背後に気配があり、振り向くと『玉端獣《カーバンクル》』が付いてきていたのだ。帰り道が一緒なのかなーと思って無視を決め込んでたんだけど、『霧の境界』まで越えてきたら付いてきたいんだろうなということに決着し、途中でリュックの上に乗せたのだ。

ふいにアシュレイさんが声を上げる。

「か……」

「か？」

「かわっ……可愛い！」

「あ、ああ、ですよね」

確かに『玉端獣《カーバンクル》』のビジュアルはこの上ないほど完璧だ。可愛いに全振りしてる。そして、アシュレイさんはそれに完全にやられてしまったらしい。テンション爆上がり。目をキラキラさせて、両手を差し出す。

「触ってもいいかしら!?　っていうか触らせて！　いいわよね!?」

「大丈夫だと思いますけど。いいよね？」

「みゅ」

小さく返事をした『玉端獣《カーバンクル》』を、受付の台に乗せる。

アシュレイさんはすぐに『玉端獣《カーバンクル》』の頭を撫で始めた。

「うわっ。ふわっふわ……すごい」

「みゅみゅみゅ」

『玉端獣《カーバンクル》』も悪くはないらしい。もともと人懐っこくて撫でられるのが好きなのだろう。

アシュレイさんはしばらく、その触り心地を堪能したあと。

「それで、クドー君のお願いって？」

「この子連れ出してもいいかなって聞きたくて。どうです？　許可ってされてます？」

「別に構わないと思うわよ？　保護してる動物でもないはずだし……うん。ないわね。大丈夫よ」

「では」

そんな感じで帰りの受付を終えて、『玉端獣《カーバンクル》』と帰宅。

途中、経由地の『神様たちのいるところ（僕が命名）』で神様に連れてっても大丈夫かどうか聞いたんだけど、神様曰《いわ》く「良いよ大丈夫全然オッケー」らしい。外来生物とかそういう概念ないいんか。いやそもそもの時点で僕が外来生物なんだけどさ。

第23階層　味の好みは種族それぞれ

――冒険者《ダイバーズ》ギルドの正面には英雄の像が置かれている。

英雄といっても、かっこいい鎧《よろい》とかマントとかをまとってるような勇者然とした感じの、自己顕示欲の強い見た目じゃなくて、革鎧とか身に着けて鉈《なた》を持った『ちょっとそこらの森までお散歩行ってきます』的な軽装のおじさんのブロンズ像だ。なんでも昔に、迷宮《ダンジョン》で最大の踏破率を誇ったという、伝説を作った人を銅像にしたものらしい。

当時のギルドの職員さんたちは、功績を打ち立てたこの人を象徴《シンボル》にして、人集めに使ったり、ギルドの権威を見せつけたり、お金集めに使ったのだろう。要は客寄せパンダだ。それならもそっと誇張してかっこ良く作ってあげればいいものを、こんな感じじゃ配慮が足りないと言わざるを得ない。

もちろん当時の功績としては破格だったらしいけど、いまはライオン丸先輩が抜き去っているらしい。

この英雄の銅像前は、広場にある神々の像の前と同じで、よく待ち合わせに利用される場所だ。広場の方に比べ、こちらはギルドの正面にある分、冒険者《ダイバー》たちの平時の待ち合わせに使われることが多い。近くには伝言屋なる職業の人が詰める屋台があって、そこで利用者の言伝《ことづて》を引き受けるらしい。僕は使ったことないけどね。

この日、いつものように冒険者《ダイバーズ》ギルドに到着すると、その英雄さんの像の前にスクレールがいるのを見つけた。

くるんとカールした長い銀髪の先っぽをふりふり、漫画に出てくるエルフよりも長いとんがり耳をピコピコ。アジアンテイストな青色の民族衣装をまとう拳法家、こっちで言うところの拳士である。

彼女は意外にも、そこで誰かと話をしているらしかった。いや、意外もなにもないか。彼女だって誰かと話をすることくらいあるだろう。でも、滅多に見かけないそんな光景が少し気になって、近付いてみた。もちろんこそっとじゃなくて堂々とね。

で、どうもスクレールと話をしているその人物は、砂除《よ》けのマントを身につけており、そのうえフードを目深《まぶか》に被っているため顔がまったく見えなかった。不審だ。しかも時折身体を傾け、ちらり、ちらり。周囲を警戒するような素振りを見せている。不審さマックスだけど、一体何者なのだろうか。

うーんと眉をひそめつつも、普通にスクレールに挨拶しようとすると。

「うひぃ!?」

ギンと、フードの下から鋭い眼光で睨《にら》みつけられたうえに殺気を飛ばされたせいで、ついつい情けない悲鳴を上げてしまった。

足が生まれたての鹿とか馬とかキリンみたいにガックガクになる。下半身もろもろが瀕《ひん》死《し》状態になった。

「うう……だから殺気を向けるのはやめてって……」

そう言いながら、手を突く場所を求めて這《は》うように英雄様の像に向かう。近付いたからか。近付いたからいけないのか。そんなことで殺気なんて向けないでよほんと困る。というか怖い。ほんと怖い。ほん怖。マジどうしてこの世界の人たちというのは殺気とか形而《けいじ》上《じょう》概念を自在に操れるのだろうか。そういうのは漫画の中の登場人物だけにして欲しい。そのうちほんとに漏らしちゃうぞ。下半身が死亡して大惨事だぞ。

腰砕けになった僕が英雄様の足に縋《すが》り付いていると、遅れて僕に気付いたスクレールが、フードを被った人物の肩を叩《たた》く。

「大丈夫」

「そう、なの？」

「そう。友達」

「友達……あ」

フードの人物は何かに気付いたような声を上げて、刺すような殺気を霧散させた。友達という言葉で思い当たる節があったのだろうか。

　そのフードの人物はすぐに近付いてきて、

「ごめんなさい。よろしく」

「あ、うん。よろしく……」

　謝罪のあと、フードの人物は軽く頭を下げた。声からして女の子っぽい。スクレールみたいに片言っぽいけど。

　ということは、だ。

「彼女《スクレ》の知り合い……というか同じ？」

「そう。里と外のつなぎ役。こうやって里と連絡を取り合ってる」

「なるほど」

　この世界、電話のような通信手段がないため、こうして連絡作業を仕事にするつなぎ役がいるのだろう。

　殺気も向けられたし、部外者お断りの大事なお話し中だったのかもしれない。

「お邪魔だった？」

「大丈夫。ちょうど話が終わったところ」

「そっか」

　そんなやり取りのあと、ふとスクレールが口を開く。

「……そうだ。メイ」

なにか気が付いたのか、それとも思いついたのか。彼女はバッグからこの前あげた卓上醬油《しょうゆ》を取り出した。半分くらい減っているけど、あげたのがだいぶ前だから、大事に使っているのだろう。スクレールは卓上醬油をつなぎ役の子に見せる。

「これ」

「……？」

「ショウユウー。舐《な》めてみて」

つなぎ役の子は不思議そうにしつつも、スクレールに言われた通り醬油をちょっと手の甲に付けてぺろぺろしだす。

「ショウユウー？」

「そう、ショウユウー」

「ショウユウー」

なんか二人してひたすらショウユウーショウユウー言い出した。しかも心なしか、なんか嬉《うれ》しそう。醬油好きが増殖した。いや、ショウユウー教団の団員がまた増えたと言えるだろうか。耳長族は醬油の味が好みなのかもしれない。

うーん。ここまで好みなら、あとで作り方をネットで調べて翻訳して教えてあげるのもいいかもしれない。この世界、大豆もちゃんとあるし、もしかすれば再現できるかもしれないし。

スクレールはつなぎ役の子に醤油の使い方を説明して、残りを全部あげると、つなぎ役の子は嬉しそうにお礼を言って去っていった。足取りがとてつもなく軽いのを見ると、日本人としてとても和む。

「……スクレもそうだけどさ、なんか耳長族の人ってカタコトっぽいよね」

「私はこれでも話せる方。ほかの仲間はもっと話せなかったりする」

「あー、あれねー、言語的な問題なのねー」

僕は神様に脳内翻訳機能とか文字理解機能とかをオプションで付けてもらってこっちの言語に対応できるようになったから、あまり気にしてはいなかったけど、やっぱり種類が結構あるのだろう。

「ド・メルタの言葉はだいたい共通してるけど、東と西は基本的に別だって考えた方がいい」

「そうなんだ。じゃあスクレって」

「私は東にある里から来た」

ここ自由都市フリーダは、大陸の中央から北西に少し寄った場所にある。西方に属するのだろう。

「そう言えば、スクレールがここに来たときの話って聞いてなかったね」

フリーダに来たのは奴隷にされたからだけど、どうしてそうなったのかはまだ触れていなかった。

「里から出てきたのは、もともとこっち——西に来る予定ではあったから」

「やっぱりもともとフリーダには来る予定だったの？」

「そう。フリーダは大陸で一番流通が良くて物資も豊富」

「核石《かくせき》とか迷宮素材とかね」

「一番は情報だけど」

「あー、そっか。それが一番なのかー」

フリーダは大陸の中央で、いや、この大陸で一番栄えていると言っても過言ではない都市だ。ちょっと動き回れば、この大陸にあるものは大抵手に入るらしいし、もちろん人が沢山集まるから自然と色んな情報も集まる。

「そう。ただ道中で油断した。宿場の人間に薬を盛られた」

「へ!? しゅ、宿場って、宿の人に!?」

驚いて聞き返すと、スクレールは険しい顔で頷《うなず》いた。嫌な思い出だからだろう。というかそんな信用商売で薬を盛るとか怖すぎる、さすが異世界半端ないくらい修羅ってる。

「怖いなぁ」

「大丈夫。仲間が潰したから」

「それもっと怖いなぁ……」

他種族は結束が強いから、見過ごせなかったのだろう。スクレールが無事に奴隷から戻って、つなぎ役の子に伝えたあと、耳長族の仲間たちが宿を取り囲んで力ずくで潰したとか情景が頭の中にありありと浮かんでくる。

「それで、すぐフリーダに売られてきて」

「僕と会ったのは不幸中の幸いだったと」

なるほど。スクレールほどの使い手が、奴隷商に捕まったことをずっと不思議に思ってたけど、そういった経緯があったのか。確かに宿の人に薬なんて盛られたら、なす術《すべ》なんてないよね。

「……アキラ。これから潜るの？」

「そうだよ。ちょうどいまからね」

僕がそう言うと、スクレールは、

「一緒に潜りたいなら、潜ってあげてもいい」

そう言って、したり顔。彼女は素直じゃないので、いつもこんな言い方をする。普段なら こっちも、「いいよ」って頷くんだけど、今日はちょっと悪戯《いたずら》心が湧いてきた。

僕の返答を待つスクレールに、僕はいつもと違う返事をする。

「じゃあいいや。僕、今日は一人で行くよ」

「うん……え？」

いつもの返事と違うため、スクレールは挙動不審な感じできょろきょろしだす。

「え？　え？　え？」

「じゃ、僕はこれで」

混乱している彼女を尻目に、僕がその場から立ち去ろうとすると、スクレールは慌てて僕を引き止めた。

「ちょ、ちょっと待って！」

「ん？　どうしたの？」

「だ、だからその、一緒に潜ってあげてもいい、から……その」

「無理して僕に合わせなくていいよ。スクレにはスクレのペースがあるでしょ？」

「それは……」

「僕はスクレの邪魔したくないしさ。無理させたくないんだ」

「べ、別に無理をしてるわけじゃ、なくて」

「でも本来の予定とは違うんでしょ？　…………プッ」

「あ！」

そっけなく言ったつもりだけど、ついつい笑いが顔に出てたみたい。からかわれていることに気付いたスクレールは、頬っぺたをリスの頬袋みたいに膨《ふく》らませて腕をバタバタさせる。

　そして、

「いじわるいじわるいじわるいじわるっ」

「……あのさ、一緒に行きたいんなら一緒に行こうって言えばいいじゃない。なにか用事がない限り断ったりしないでしょ僕」

「……そ、それは、そうだけど」

　そうだけど。言いたくないのか。何故《なぜ》だ。何故そこで意地を張るのか。

「それで、どうするの？」

「一緒に行く！」

　スクレールに手首をむんずと掴《つか》まれ、ぐいぐいと引っ張られる。レベルの差が10ほどもあるのに抗《あらが》えないのは、魔法使いの素養と戦士の素養の差か、もしくは種族的な性能の差があるゆえか。というか痛い。ちょう痛いです。

　……ちなみにこの件のあとから、スクレールのお誘い文句が「一緒に潜ってあげてもいい」から「一緒に潜ってあげる（強制）」に変わった。どうも『潜ってあげる』ってところは譲れないらしい。ツンデレおつ。

　スクレールと一緒に潜ると、低階層の邪魔な敵はいつも彼女が全部倒してくれる。

それは、魔法使いは魔力を温存するのが当然という観点からのものだ。迷宮《ダンジョン》に潜る冒険者《ダイバー》には半ば常識みたいなもので、魔法使いのいるチームのほとんどはこれを守っている。いざというときに、怪我の治療や全体離脱ができる魔法使いに余力があれば柔軟な対応が可能だからだ。そのせいでふんぞり返る魔法使いもいるらしいけど。

まあ、彼女と一緒に潜るときには、そんな危機に陥《おちい》ることなんてまるでないんだけどもね。

スクレールが迷宮《ダンジョン》に潜るのは、核石と迷宮《ダンジョン》の素材の入手を目的としている。手に入れたものを里に送るらしい。普通に考えてもかなり重要な役目だ。腕っぷしも強くて真面目じゃないとこなせないし、仲間からの信頼も厚くなければやらせてもらえない。そこから考えるに、彼女は里でも結構重要なポジにいるんじゃないかと予想している。

あとは、僕と同じでレベル上げがしたいらしい。強くなりたいのだそうだ。大抵は第4ルートの【水没都市《すいぼつとし》】【赤鉄《せきてつ》と歯車《はぐるま》の採掘場《さいくつじょう》】でレベル上げに勤しんでいるとのこと。【採掘場】とかあんなくっそ暑い場所でレベル上げするとかさすがだ。僕にはとても真似できない。サウナで運動するようなものだ。熱中症待ったなしである。

降り注ぐ木漏れ日の中、スクレールは戦闘中。場所は深度5【大森林遺跡《だいしんりんいせき》】だ。

相手はガンダキア迷宮ザコ代表『歩行者ウサギ《ウォーカーラビット》』。二足歩行で歩くピーターでラビッツ的なウサギさんを巨大化させた『野生動物』だ。大きさ二メートルとかデカすぎだろ。

無論、『野生動物』なので『モンスター』ではないということはご承知おきされたし。こいつは異世界ド・メルタが誇るトンデモ生物なのだ。迷宮《ダンジョン》に生息するものは全部モンスターだと思われがちだけど、たまーに稀《まれ》だけどこういった普通の生物も存在する。立って歩く巨大ウサギな時点で普通とはかけ離れてるモンスターなんだけど。

遠目では大きなぬいぐるみっぽくて超可愛いけど、近くに行くとその大きさに圧倒されるし、真っ黒で大きいつぶらな瞳がなんか少し怖い。見ていると吸い込まれそうな気持ちになるし、何考えてるかわからないって感じが強くて、なんとは言って表せない恐怖を感じてしまうのだ。最初は結構トラウマだったのをよく覚えている。「マクレガーさん助けて！」とかマジで叫んだ。いまはへっちゃらだけどね。

この不思議生物、基本的には大人しい。群れで行動し、大抵縄張りで座って草を食べている。だけどときどき、今回みたいに立ちはだかって来ることがある。襲ってくるというよりは、絡んでくるという印象だけど。ウサギたちはじゃれてるつもりなのかなんなのか、近付いてまとわりつき、短い腕でペシペシ叩いてくる。けど全然痛くないし、それに飽きると帰ってしまう。何がしたいのかマジわからん超謎という、都市伝説ならぬ迷宮伝説の一つだ。迷宮幻想《ダンジョンファンタズマ》とかいうガチの伝説話はあるけど、そっちの話はまた後日にしよう。

そして、【大森林遺跡】の出没地帯には、

『この周辺、歩行者ウサギ《ウォーカーラビット》出没注意』

『まとわりついたりしてくるけど、気にしたら負け』

『見るときは遠くで離れて鑑賞しましょう』

『ウサギさんを殺さないでください』

などという立て看板が乱立している。ド・メルタではなんか保護対象の生物らしい。向こうから絡んでくるときは無茶だとはいつも思う。いや確かに実害はまったくないけどさ。

僕たちの前に立ちはだかった『歩行者ウサギ《ウォーカーラビット》』は、短い両腕を前に突き出してゆらゆらさせ、何らかの構えっぽいものを取っている。これ、冒険者《ダイバー》たちからは『ウサギケンポー』なんて言われているけど、その真価が発揮されたところとかはいまだかつて見たことがない。対してスクレールは、やっぱりぴょん、ぴょんとステップを踏んでいる。これじゃあどっちがウサギさんかわからない気もしないでもない。

しかしてウサギケンポー対耳長族の超武術、勁術《ジンシュ》の結果は、耳長族に軍配が上がった。スクレールの掌底が『歩行者ウサギ《ウォーカーラビット》』のぽっこりお腹に決まったと同時に、ずどん、と重そうな衝撃がこっちにまで伝わって来る。それだけすごい力が加わったということだ。一撃必倒である。

ばたりと倒れる『歩行者ウサギ《ウォーカーラビット》』。きゅうと一声鳴いて、目をバッテンにさせて気を失った。こいつら攻撃力はほんとみそっカスだけど、防御力はやたらと高い。こいつらの毛皮は剣すら弾《はじ》くという。一時期それのせいで密猟団が現れたこともあったらしいけど……

内側に浸透する勁術《ジンシュ》を受けても気絶するだけで済む肉体とかスゲー。まあスクレールも手加減したんだろうけどさ。

ともあれスクレールが離れると、どこからともなく仲間が出現し、どたどたと走って倒れたウサギを回収して逃げていった。ほんとこいつらの生態謎。

一方で倒したスクレールは、「ウサギ、もうちょっと小さかったらもっと可愛いのに」と呟《つぶや》いている。やっぱりウサギは小さい方がいい。いや、もしかしたらこの世界って、小さいウサギいないのかな？

「すごいよねー、その格闘術」

僕がそう言うと、スクレールは胸を張って自慢げに言う。

「これはサフィア様が私たちのために作ってくれた武術。すごいのは当たり前」

「ほえー」

耳長族を眷属《けんぞく》とするド・メルタの神の一柱、青女神《あおめがみ》サフィア。戦いの神とも言われるほどの神様だ。……ちなみに青女神だけど、青妹神《せいまいしん》とも呼ばれたりするらしいね。っていうか基本そっちの呼び方の方が一般的っぽい。

すると、スクレールが提案する。

「アキラもやってみる？」

「え？　うーん、教えてくれるんなら、ちょっとやってみようかなー」

「じゃあまず私の真似をして動いてみて」

彼女はそう言って、勁術《ジンシュ》の套路《とうろ》らしきものを見せてくれた。

それを見よう見まねで真似ていると、

「こうかな？」

「腕は、こう。足は地面にべったりつけないでつま先をよく使って移動する」

どうやらこの武術、ぴょんぴょんと跳ねるように動いて相手を翻弄《ほんろう》するのが基本らしい。

そんなことを思っていると、ふいにスクレールは跳ねるような機敏な動きから、足の裏を地面にべったりと付け――

「手の届く間合いに入る三歩前になったら、つま先立ちを止《や》めて踵《かかと》を意識して移動するようにする」

打ち込む前に、つま先立ちの動きから、踵を意識するべた踏みへと移行するらしい。

僕も、真似してやってみるけど、

「なんかこれ、切り替えがスムーズにいかないなぁ……」

「最初はそれが普通。訓練すればそのうちできるようになる」

意識して変えるのはちょっと難しいし、間合いを計るのもちょっと難しい。これは一朝一夕でできるようなものじゃないわぁ。

「足運びを変えたあとは、腕と足を一緒に動かすようにする。手首と足首を紐《ひも》で結んでるような気持ち」

「こうだよね。こう」

そう言って、腕と足を同時に出して、動くけど……ぎこちない感じだって自分でも思う。やっぱりこれはかなり難しい。腕と足を一緒に動かすのって、幼稚園とか小学校の体育の行進で矯正されちゃうから、いまさら直すのはちょっと大変かも。

踵を意識して移動する歩法も、なんか飛び込むというよりは、体当たりしてるような気持ちになるし。うーん。ここからの震脚《しんきゃく》もムズいなぁ。

そのあと、教えられたことを通しでやってみたのだけど、

「やってみたけど、どうかな？」

「ん……正直に言っていい？」

「うん」

もしかしたら上手《うま》くできていた可能性が微粒子レベルであるかも、と淡い期待を抱いていたけど、現実は無情である。

スクレールはいつもの不愛想な表情で容赦ない言葉を突きつけてきた。

「ヘタクソ。才能ない。ダンゴムシ以下。一度死んで生まれ変わってからやり直した方がいい。むしろその方が早い」

「ひどい」

「でも正直に言っていいって言ったのはアキラ」

「そうだけどさ……」

そうだけども、その罵詈雑言《ばりぞうごん》の嵐はなんなのか。地面に手を突いて項垂《うなだ》れる。これならまだ師匠の方が褒めてくれた方だ。あとダンゴムシ以下が地味にショック。この前正面ホールで絡んできた近衛さんたち並みの評価だ。つらい。

「私、これでも嘘《うそ》が言えない体質」

「ちょっとそれ自体が嘘でしょ！」

いつも意地張るクセに嘘つきじゃないとかどの口が言うのか。スクレールは珍しく口元に含みのある笑みを作った。

「さっきのお返し」

「ぐぬぬ……」

地味にさっきのを根に持っていたのか。すっきりしてご機嫌な表情になっている。

「でも才能ないのはホントのこと」

「そこ正直に言わなくていいから！　まあまあとか言って濁せばいいから！」

「私、これでも嘘が……」

「もうええわ！」

天井にツッコミを入れてからしばらく、彼女から動きなどを教わったあと、

「じゃあ次」

「ま、まだあるんですね……」

「ここからが重要。泣き言言わない」

「はーい」

僕が力のない返事をすると、スクレールは手のひらを突き出すように構えを取り、

「まず勁気《ジンチィ》を練る」

「ジンチー？」

「そう。人の身体《からだ》に作用する、魔力とは違う力」

「って言っても……」

そんなのよくわからない。というかそんな不思議パワーどこから湧いてくるのか。耳長族だけにある不思議パワーなのか。

「レベル30も超えてたらすぐわかるはず。人はみんなレベルが上がるにつれ、身体に力を入れると筋肉の力とは別に、力が漲《みなぎ》って来る。それが私たちで言う勁気《ジンチィ》」

「レベルが上がるにつれて漲る力って……ああ！　それって！」

スクレールの説明で完全に理解した。彼女の言う勁気《ジンチィ》というのが、レベルアップに伴って起こる、身体能力向上の正体のことだ。

レベルアップで生じる身体能力の向上は、筋肉を増やさない、いわば理外の成長だ。普

通に考えるとすごくおかしな状況だけど、僕の細腕でも、レベルって概念習得する以前とは比べ物にならないパワーを発揮できているのがそれのせいなのだ。腕に力を入れると、その外側を包み込むような感じで力が漲る――レベルアップするに連れてどんどん外付けされる不可視の力に、アシストされているような感覚になるって言った方がわかりやすいかもしれない。

というかこれ、技に応用できるのか初めて知った。なんかマイナーなゲームの裏技に気付いたような気持ちになる。すごい楽しい。

「まず、腕に力を入れる」

「うん」

「腕に勁気《ジンチィ》が感じられてくる」

「うんうん」

おお！　いままであんまり気にしてなかったけど、この力って意識して操作できるんだね。なんかすげーや。

「そしてそれをそのままの状態で保持する」

「うん」

「地面を踏み込んで、同時に腕を突き出し、腕に保持した勁気《ジンチィ》を踏み込んだ反作用で撃ち出す。撃ち出すときは、正面のもののさらに奥を打ち抜くような気持ちで撃つ。撃ち出すときは掛け声も忘れない。掛け声は『發《ハッ》』っとお腹《なか》の底から爆発させるように」

これまでにないほどの説明の長さに、ちょっとびっくりするけど、落ち着いて言われた通りやってみる。

「――ハッ！」

やってみたけど、なにか出たかどうかはわからない。波動な拳とか、かめはめ的な波とか出ればわかりやすいんだけど。うーん。

スクレールを見ると、彼女はじっと目を細めていて、

「…………」

「どう？」

「……ちょっと、ほんのちょっとだけ上手いかもしれない」

「え？　ほんと？　やった！」

「調子に乗らない。魔法使いだからちょっと力の使い方が上手いだけだし。基本ヘタクソなのは変わらない」

「先生、僕、褒めて伸ばして欲しいタイプです……」

「残念、私は厳しく育てるタイプ」

「うう……」

「それが勁術《ジンシュ》の基本、流露波《リウルウハ》。相手の間合いの手前で、足の動きと体重移動の仕方を変え

て、間合いに入る三歩の間に、『跳ね足尖《そくせん》』で溜《た》めた勢いを『浮き足尖』で自分の全体重を相手にぶつける体勢を整える。『浮き足尖』が上手くできるようになれば、さっきは腕の勁気《ジンチィ》だけだった打ち込みが、身体全部の勁気《ジンチィ》を打ち込めるようになるから。最後の踏み込みからはさっき説明したのと同じ。ある程度できるようになれば、人間程度はペラペラの紙に見えてくるようになる」

「その形容の仕方怖いですね」

「うん。そしてこれが――」

スクレールは僕の恐れを華麗に流したあと、強烈な裏拳を打った。手元が爆発したかのような轟音《ごうおん》を放ち、まるで雷でも落ちたかのよう。ビビる。マジビビる。しかも、拳の数メートル先にあった木々が裂けて折れている。

「……裏小雷《リーシャオレイ》」

「ふえぇ……」

僕はビビり過ぎて尻餅をついてしまった。正直、とんでもない威力だ。さっきの僕の褒められた喜びなんて安っちいものだったのをよく思い知らされた。

今日二度目の腰砕けになって地面を這っていると、スクレールはジト目を向けてくる。

「もっとすごいことできるのにどうしてびっくりしてるの」

「そりゃおっきい音とか衝撃とか近くで発生したら誰でもびっくりするでしょ……」

「アキラは変」

「なにおうっ」

ハイハイしながら拳を振り上げ抗議するけど、迫力は皆無だろう。腰砕けのかなしみだ。

「これを練習する」

「そうなんだ。練習すると勁術《ジンシュ》を会得できるんだね。ふーん」

「練習する」

「……………え？　僕も？」

「そう。ちゃんと毎日する。じゃなかったら教えた意味がないから」

「……………はい」

有無を言わせぬ威圧感に、頷かざるを得なかった。これ、なんか昔を思い出す。ヒーローになりたい友達が、僕をヒーローになる練習につき合わせて、毎日特訓と称して訳のわからないことをやらされたのを。それのおかげでヒーローキックのフォームだけは非常に上手くなった。それがイナヅマキックに活《い》かされてるんだから、人生なにがどうなるかわからないけども。

「千日の稽古を鍛とし、万日の稽古を練とす……」

「なにそれ？」

「僕の幼馴染《おさななじ》みの口癖。なんだったっけ、『五輪書《ごりんのしょ》』だったかな？　一つの技を自分のものにするのに近道はなくて、毎日繰り返し繰り返し稽古するしかないって」

「それ、いい言葉」

スクレールはうんうん頷いて感じ入っている。この言葉を好きになれるなら、きっと君はヒーローになれるよ。……僕にはトラウマだけどね。

「流露波《リウルウハ》、人間五人分通れば一人前だから、まずはそれを目指す」

「ご、五人分ですか……」

「その次は石壁。その次は金属。それができるようになればどんな装甲の敵とも戦えるようになる」

「…………」

なんだろう。僕はいまとんでもない殺人武術を教えられているのではないのだろうか。なんかちょっと怖くなる。そりゃあ『四腕二足の牡山羊《フォースアームゴート》』をブチ抜けるとか素面《しらふ》で言えるわ。

「いやー耳長族って強いねー」

それは、これまでスクレールと行動して懐《いだ》いた正直な感想である。というか発勁《はっけい》もどき使えるなんてすごすぎるし。

「でも、一番かどうかはわからない」

「そうなの？」

「人間はそうでもないけど、他の種族も強いから」

「あー」

確かに、他の種族もそれぞれ特徴があって強い。迷宮《ダンジョン》に潜っているとそれはよく思い知らされる。

しかし人間がそうでもないとかちょっと辛辣《しんらつ》な気もする。いや、ミゲルは強いよ。

「中でも怪着族《かいきぞく》は別格。もちろん獣頭族《じゅうとうぞく》も強いけど。獣頭族の強さは生存能力と勇猛さの方だから」

あとは……人気だろうか。獣頭族はやたら人気が高い。見た目がワイルドでカッコイイからだ。

「獣頭族って、他の種族から見てもかっこいいとか思うの？」

「子供の憧れ。……怪着族の方はどう思ってるかわからないけど」

「ふーん。やっぱそういう風潮が定着したエピソードとかあるの？」

「ある。神様たちが眷属を作り始めたときに、獣頭族が最後の世紀末の魔物を倒した昔話が有名。各獣頭族から選ばれた五人の勇者が、ジュウレオー、ジュウクマー、ジュウウルフ、ジュウタイガー、ジュウホークで、それが七日七晩の死闘を繰り広げた末に勝利して、いま人々が住める大陸になったって言われてる」

「大地を人々の手に取り戻した壮大な話だけど……戦隊物なんだね」

ジュ○オウジャーとかガオ○ンジャーとかそんなポジなのだろう。というか何故態だけ、ジュウクマーなのだろうか。ベアーじゃないのは何故なのか。脳内翻訳しっかりしろ。

……ん？　そう言えばさっき何かおかしなこと言ってなかったか？

「……あのさ、眷属を作り始めたときなのに、倒したのが世紀末の魔物なの？」

「そういう話。みんな不思議に思ってるけど、よくわからない」

「神様は話してくれないのかな？」

「さあ？　長老が訊《き》いたことはあるみたいだけど、答えてくれなかったって」

スクレールは、首をこっくりこっくり左右に曲げている。この世界、なんかいろいろ秘密があるようだ。

「で、なんの話してたんだっけ？」

「怪着族はお腹が減りやすいって話」

「ああうん、それそれ。僕も見たことあるね。よくお腹空《す》かせてる」

怪着族の人たちが迷宮《ダンジョン》の安全地帯《セーフポイント》でお腹を空かせてぐったりしているのはもはや定番と言っていい。この前も、ミゲルがレヴェリーさんを（空腹から）助けたときの話をしてくれたし。あれはどうにかならんのかと常々思う。

……あれ？　お腹が減りやすいって話だったたっけ？

「いや、確かによくいるとは言ったけどさ……」

さっきの話のあと、立ち寄った安全地帯《セーフポイント》に、怪着族の人がいた。

……いたんだけど、いつもとは違ってお腹を空かせているわけじゃなくて、安全地帯《セーフポイント》で駄々をこねているのは何なのだろうか。反抗期か。

しかも、その理由も、あんまりよくわからない。

「いやだー!! ポーションを飲むくらいなら俺はここで死ぬー!!」

「我慢して飲んで！　飲まなかったら本当に死んじゃうのよ！」

「無理だ！　俺にはそんなことできない！」

「そんなこと言わないで！　お願い！　これを……全部飲むだけでいいの！」

「全部飲んだら死んでしまうー！」

怪着族の男の人と、人間の女の人が安全地帯《セーフポイント》で何やら修羅場っている。そこはかとなくカップルっぽい香りがする会話だから爆発しろとか考えちゃうけど……男の人の方が怪我《けが》をしていて緊急事態っぽいし、これは声をかけなければならないだろう。

まだ正常に会話できそうな女の人の方に近付く。

「あの、どうしたんですか？」

「あ、あの、この人、大怪我してるのにポーション飲みたくないって……」

は？

「えっと……それは何故なのでしょうか？」

「それは……」

女性が言い差した折、スクレールが真面目な表情で言う。

「ポーションが苦いから。怪着族は苦いのがダメ」

「へ？」

「苦いのがダメ」

「いやいやいや、ポーションの苦さは我慢できないほどのものじゃなくない？」

「怪着族は苦いものにすごく敏感。身体に合わないからすぐに吐き出しちゃう」

「なんでまた？」

「ルヴィ様が苦いの嫌いだから」

「眷属作った神様の好き嫌いに影響されたんかい……」

そこはかとなく不憫《ふびん》な理由だった。私が嫌だからお前たちも嫌いになれ、みたいなのか。

誰にでもなくツッコミを入れて、女性の方を見る。

「……あの、マジなんです？」

「はい」

「は、はい……」

男の人も頷いた。どうやらほんとに苦いのが嫌で飲めないらしい。そう言えば、この前レヴェリーさんにポーションを渡そうとしたとき、やたらと嫌がっていた。あの人も怪着族だからだろう。苦いのがダメだから……という理由なのはちょっとなんというか、なんというかね。状況的にほっとけないけど、なんかほっときたくなるような気持ちになるけども……魔法使いだしここは言わなきゃならない。

「……あの、魔法で治療しましょうか？」

「魔法使いの方なんですか!?」

女の人が驚きと喜びの声を上げた。そして、男の人と顔を見合わせて安堵《あんど》する。

「良かった……」

「良かった……ポーションを飲まずに済んで」

「ちょ、そっちかい！」

ツッコミを入れて、男の人の傷の具合を見つつ、回復の魔術をかける。

やがて男の人の治療が終わると、昂《たかぶ》っていた気分も落ち着いたのか。テンションも下がり休憩状態。安心して胸に縋りつく女の人の頭を、男の人が『ポーション飲まなくて良かった……』とひどく情けないことを言いながら撫《な》でている。何の構図だこれは。

ふと気付くと、スクレールがその様子をじっと見詰めていた。

やがて、僕の方に近付いてきて、

「アキラ」

「なに？」

「撫でたかったら、撫でてもいい」

「はい？」

「だから、撫でたかったら撫でてもいい」

「……それは撫でて欲しいってこと？」

「……ち、違う！」

じゃあなんなんだ。

「いや、僕は別に撫でたいとかは特にないんだけど……」

そう言うと、スクレールは、

「どうしてそうなるの！」

と言ってまたぷんぷんと怒り出す。

ということはだ。つまりそういうことなのだ。

「スクレは頭撫でて欲しいの？」

「………そ、そういうわけじゃない」

と言って、プイっとそっぽを向いた。なんでやねん。

「それならこのままでいいんじゃないの？」

「むうー」

結局、ふくれてしまう始末である。

そんなことを言い合っていると、怪着族の男の人が僕に向かって、

「俺の彼女の方が可愛いんだからな！」

「……？」

彼は急に何を思ったのか。もしかして彼はスクレールが僕の彼女だって勘違いしたのか。

そうだったらいいなーとかは思うけど、現実は悲しいことにそうじゃないんだよね。

僕が返答に困っていると、スクレールがサファリシャツの襟《えり》を掴んで、顔をぐいっと近付けてくる。

そして、

「アキラ」

「な、なんでございましょう？」

スクレールは、何か言い返せというオーラを出して睨んでくる。早くしないと『きゅっ！』とされそうな雰囲気しかしない。

しかし、なんて言えばいいのか。

「……え、えっと、スクレールも可愛いです、よ？」

ぽかぽか。スクレールが子供の癇癪《かんしゃく》みたいな調子で叩いてくる。

「……そうじゃない」

「えー、そうじゃないって……」

ならどう言えばいいのか。可愛いって言い返せってわけじゃないのか。

「スクレールは可愛いし、綺麗ですよ?」

「だから違う」

ぽかぽかぽか。一回増えた。

「……じゃあ他になんて言えばよろしいのですかお嬢様?」

「もういい!」

そう言って、スクレールはまた膨れてそっぽを向いた。結局正解がなんなのか全然わからなかった。彼女は僕になんて言わせたかったのだろうか。どうすりゃええねんである。しかもカップル冒険者《ダイバー》二人も『わかってないなぁ~』とかいう感じで呆《あき》れている始末。なんか腹立つわぁ。わかってるなら答え教えろし。治療代として払えやコラ。取り立てんぞ。まあ、そんなこんなで、カップルお二人は正面ホールへと帰って行った。あとでむちゃくちゃ〇〇〇した的なアツアツっぷりだ。爆発してしまえ。

そんで、スクレールさんはカップル冒険者《ダイバー》が立ち去ったあとも、ぷりぷりとした感じだった。さっきのやり取りにそんな不機嫌になる要素があったのか。

だけどこのままではあまりよろしくないので、ご機嫌取りをしようと思う。

「ねースクレー」

「…………」

呼びかけても、無視された。やっぱりまだご立腹らしい。なら。

「ねースクレー、何か食べよっかー」

「…………」

今度は無言のまま近付いてきた。ちょろいぞ。この食いしんぼさんめ。

不愛想な表情のまま、距離を縮めてくるスクレールを見つつ、虚空《こくう》ディメンジョンバッグの中から、まずカセットコンロと網を取り出す。

そして、次に主役を取り出した。

パックに入れられ、小分けにされた、真っ白くて四角くて硬い食べ物である。

「これは？」

「……それは日本の誇る食品兵器の一つ、おもちだよ」

「しょくひん、へいき？」

「そう、これはね、毎年特定の時期になると不用意に食べた人の喉《のど》に張りついては呼吸困難に陥らせ、最後には窒息死させてしまうという白い悪魔なのさ」

「……なに、それ」

僕の説明を聞いたスクレールは何か宇宙的恐怖にでも出会ってしまったかのように顔を蒼《あお》ざめさせて、硬いままのお餅をフォークで恐る恐る突っついている。

「冗談冗談。ちゃんと噛《か》み切れば普通に食べれるよ」

ちゃんと処理すれば、なんの問題もないんだけどね。正月のテレビでお年寄りが切り餅食べてるところを見るとほんとハラハラするよ。最近は細かくカットされてるヤツがあるらしいから、大丈夫だとは思うけど。今年も結構やられたらしい。

カセットコンロに火を点《つ》け、網の上に切り餅を置く。

やがてカセットコンロの火に炙《あぶ》られて、切り餅がぷくっと膨れはじめた。

「白い粘液汚泥《ポップスライム》……」

「だからそういうたとえはヤメテ」

確かにそう見えなくもないけどさ。なんでここの人たちはみんなグロいものにたとえたがるのか。食欲失せないのだろうかほんと。

「アキラ、これにショウユウー?」

どうしてすぐに醤油に結び付けたがるのか。いや、餅に醤油は間違ってはいないむしろ大正義なんだけど。

「そうなんだけど、その前に焼き海苔《のり》を巻いて……」

「ショウユウー」

海苔を巻いて醤油をかけて、スクレールの紙皿に置く。

すると彼女はすかさず小さな口ではむっとかぶりつく。その状態でみょーんと伸ばすの

は、もはや恒例行事だろう。

「どう？」

「むふ、幸せな味……」

スクレールさん、磯辺《いそべ》焼きを食べてうっとりとしている。どうやらご機嫌は一気に回復したようだ。良かった。

「これ、面白い食感。ネバネバ？」

「僕の世界ではもちもちかな。そういうお餅みたいな食品の名前が語源になってるんだ」

「おもちだから、もちもち？」

「そう、もちもち」

「もちもち」

スクレールはもちもち言いながら、食べ進める。僕は次を焼きながら、ふと気になったことを訊《たず》ねた。

「スクレ醤油好きだけど、魚醤《ぎょしょう》とかってどうなの？　確かこの世界にもあるよね？」

「あるけど、あれは生臭いからダメ。耳長族はみんなあれ好きじゃない。でもショウユウーは生臭くないから好き」

「つなぎ役の子も気に入ったみたいだったしね」

現に、醤油をペロペロしたつなぎ役の子は嬉しそうにしてたしね。

「あのさ、今度造り方の資料まとめて持ってこようか？」

「興味ある！　すごく」

スクレールはものすごい勢いで食いついてきた。

「って言っても上手くできないかもしれないけどね。造るには人手もいるし」

「里に持っていけばいい。きっとみんながどうにかしてくれる」

「そこ他人任せなんですね……」

あと確認しとかないといけないことは……。

「一応神様にも確認取らなきゃならないから……まあそこは大丈夫だと思うけどね」

神様も技術を持ち込むのには意外と寛容だったりするから、了解を取れば大丈夫だろう。

「大丈夫。いつまでも待つ」

スクレールさんはこの日はずっとウキウキだった。

後日、ド・メルタ産のショウユウーの生産に成功したと連絡が入るのだけど、これはまだ先のお話だ。

第24階層　先輩と一緒に迷宮へ

――複数のモンスターが、周囲の岩ごとまとめて吹っ飛ぶなんて光景、おそらく見たのはこれが初めてなんじゃないだろうか。

いや、魔法を使ってぶっ飛ばしたっていうのなら何度か見たことあるよ？　僕も結構位格の高い魔法を使ってとかあるし、ベアトリーゼっていう名前をした鬼畜あくまな師匠が超絶高レベルの魔法を使って消し飛ばしたとかあるからね。

だけど、剣撃でこれはないのではないだろうか。

しかも相手は強モンス。めっちゃ強い魔物だ。むしろ魔物とかモンスターとか、それすらわからないレベルのヤベー奴《やつ》ら。

デカい、強い、怖いの三拍子揃《そろ》ってる。というか通り越して限界突破してる。

僕もいまだかつて見たことのないタイプの『とんでもないの』である。

そして、それを事もなげにぶっ飛ばした。もとい消し飛ばした人と言えば、だ。

豪快な笑みを僕に向けてきて、

「なんだクドー？　これぐらい軽いものだろう？」

そんなことを宣《のたま》う始末である。

彼はフリーダの勇者、ライオン丸先輩こと、ドラケリオン・ヒューラーさんだ。二メートル級の大きな体躯《たいく》を持ち、ふさふさのたてがみの付いたライオン頭、某竜殺しも斯《か》くやというほどの巨剣を持った、たぶんフリーダで一番強い冒険者《ダイバー》さんである。

いやー、僕は個人的にこの人が、異世界ド・メルタで一番強い戦士だと思ってるんだけどね。ガチで。

強モンスをやたらと雑に吹っ飛ばして、なんのことはないというように豪快に笑っている姿は、ゲームに登場する最強キャラクターを思わせるよ。

あれだ。もうこいつ一人でいいんじゃないかな的なセリフが思い浮かぶくらい強すぎるくらいヤバい。というかおかしい。ゲームで言えば、ドラ○エの世界にディ○ガイアのキャラクターがステそのままに現れたくらいに違和感がある。ダメージの桁が二桁とか三桁とか違うレベル。通常攻撃でダメージカンストとかやめて欲しいよほんと。

ともあれ、

「軽いって、それは先輩レベルでの話じゃないですか！」

「がっはっは！　それもそうか！　ガハハハハハ！」

「笑い事じゃないんですってばぁあああああああああ！」

僕が現在絶賛絶叫中なのは、この場所にはほんとマジ嘘《うそ》じゃなくて強モンスしかいないからだ。

迷宮深度はなんと驚異の46【滅《ほろ》びた地下都市《ちかとし》】というところにいる。適正レベルはもちろんのことだいぶオーバー。僕なんかが来ていいところじゃない。しかも、ここにいるのはどんな道具や魔術を使っても逃げられないほど、ヤバいのばっかりという超難易度。

深度40【常夜《とこよ》の草原《そうげん》】なんかは適正レベルがオーバーしてても、逃げたり隠れたりして、危険を回避できるからなんとかかんとか潜れるけれど、ここは無理だ。マジ無理ちょう無理。だって生物とも言えないような左右非対称の造形なんて当たり前な、動物とか昆虫とかにたとえることもできない、わけのわからないモンスターたちが跳梁跋扈《ちょうりょうばっこ》しているという、ホラー階層とはまた別の意味で戦慄《せんりつ》する階層なのである。

しかもここのモンスター、全部が全部デカイ。巨大。『溶解死獣《ポイズンキマイラゾンビ》』レベルの大きさのヤツがそこら中にひしめいているのだから、その異常さが知れるだろう。

……アレだよ。そう。ゴジ○だ。ゴ○ラ。いや、そこまで大きくはないけどさ、そんな感じの巨大怪獣たちが、この場所にはいるのだ。それこそ目一杯に。人間なんてなす術《すべ》ないのは当たり前。僕で言うともうヒロちゃん助けてレベルに相当するくらいにどうしようもない。むしろヒロちゃんでも手に負えないレベルなんじゃないかってくらいのが、いっぱいいる。

「ファー!!　『四腕二足の牡山羊《フォースアームゴート》』ぉ？　あははっ！　そんな可愛《かわい》いモンスターもこの前倒しましたね、あはははっ！」

「クドー、そろそろ現実に戻ってこい。ほら、次の敵が来るぞ」

「いやぁあああああああ！　来ないで！　ほんとこっち来ないでぇええええええええええ!!　ぎゃぁああああああああああああああああ!!」

　もうホントにホント無理なんで、やたらめったら魔法を撃ちまくる。第三位格級を食らっても、こいつらちゃーらーでへっちゃららしい。身体《からだ》から白い煙をちょくちょく上げるけど、焦げ目一つ付いてないとか、生き物としておかしいレベル。そしてそんなモンスターをおっきな剣の一振りでぶっ飛ばしてる先輩も、そのおかしいレベルを超越していると思う。

　……マジで、ほんと、やばい。それこそ師匠並みだ。僕が先輩と初めて会った頃、一、二回だけど一緒に潜ってくれたときは、かなり手加減してくれたのだろうね。それくらいレベルが違う。

　いやまあね、あのときも先輩は吼《ほ》え声を上げるだけで雑魚モンスを吹っ飛ばして、とんでもない力を見せつけて、もとい拝ませてもらってたわけだけれども。

「クドーよ、俺が魔王を倒しにいったときなんてな」

　先輩はそんなヤベーことを語り出す始末。ガチのマジの武勇伝だ。巨大な空飛ぶ爬虫類《はちゅうるい》が～とか。

死んで骨だけになった魔法使いみたいなのが～とか。

そんなんばっかり話してくれる。

「先輩先輩!?　それ以上強い魔王って、どれくらいヤバいヤツだったんですか!?　これの比じゃないなんて軽く世界滅ぼせるレベルでしょ！」

「そうだな。あのときはそれくらいヤバかったな。うん。ほんとにヤバかったなぁ……」

「しみじみしてる場合じゃなーい！」

この階層に僕のツッコミの叫びが響くけど、すぐにモンスターの叫び声とか雄叫《おたけ》びとか、よくわからないノイジーに掻《か》き消される。

この階層、僕じゃマジで手の打ちようがない。いつもの階層から15も深度が上がったらこんなに違うのか。ガンダキア迷宮舐《な》めてた。ちょう舐めてた。ガチで反省しきりである。

僕がそんなことを先輩に話したんだけど。

「いや、アキラ。それは違うぞ。ここは他と一緒にしてはダメだ。この階層は情報が少ないから便宜上46としているだけで、実際は――」

「わー!!　その情報ヤバすぎです！　っていうかギルドちゃんと仕事してよ!!　普通の冒険者《ダイバー》がここに間違って踏み込んだらエライことになるでしょそれぇええええええ！」

「それ以前に、だ。ただの冒険者《ダイバー》はまずここまで来られんのだ。お前も見ただろう？【内臓洞窟《ないぞうどうくつ》】のアレを倒せない限り、ここには決して踏み込むことはできん」

「ああああああ！　いやぁああああああああああ！　先輩お願いですからアレを思い出させないでくださいぃいいいいいいい！」

先輩の言葉で、リバース的なおろろろ～をしちゃうくらいの気持ち悪さが復活する。

ライオン丸先輩が言うのは、【内臓洞窟】の最奥《さいおく》に住み着くボス級《クラス》モンスターのことだ。

その見た目の気持ち悪さが、モンスター的な強さに勝るとも劣らないというくらいに、超ヤバい怪物なのである。

それこそSAN値直葬レベル。視覚と正常な美的感覚があるものは例外なく敗北することは請け合いってくらいにヤバいレベルの見た目。真の英雄は目で殺すとか、顔で殺すとか、メデューサの石化の瞳っていうくらいに即死な感じのモンスター。

……精神の平静を保つためかどうか自分でももうわからないけど、僕は無心のまま魔法を撃ち込んだ。

いやね、無意味だってことはわかってるんだけどさ。それでも抵抗はしたいんだよ。

「あーもーやっぱり無理ですねー。やっぱ無理ですよー。うん。僕の手には負えません」

「そうだな。こいつらに痛手を与えるには少なくとも、第四位格級から第五位格級の魔法が必要になるだろうな」

それは嘘だ。絶対嘘。だってさっきそれ撃ち込んだもん。

「えっと、あの、先輩？　一体当たり何発当てないといけないんでしょうか？」

「少なくとも、三、四と言ったところか？」

「第四位格級をそんなに撃ったら普通は魔力なくなって身体干からびますって！」

「そうか？　俺の仲間は笑って吹き飛ばせるぞ？」

「ライオン丸先輩の仲間は人間やめてますよそれ！　あくまなんじゃないですか！」

「ははは！　そんなことはないさ！」

とか言うけど、僕なら完全に干物になるレベルだ。

僕だって結構魔力多い方なんだよ。ほんと。

なのにそれ以上ってなに。なんなの。お化けなの。魔力お化けなの。あくまなのその人？

「うぁああああああああ死ぬぅううううううう助けておかーさーん!!」

僕は叫ぶ。こんなこと叫んだこと、いままで本当にないけど、ガチでお母さんに助けを求めちゃうレベル。

………………ともあれだ。一体全体なんでこんなことになってるのかと言えば、ライオン丸先輩から「面白いものを見せてやるから来い」と誘われたからだ。

そしてその誘いに乗って、ひょいひょいのこのこ、わーいわーい！　と付いて行ったのがそもそも間違いだった。

……いや、むしろ最初からおかしかったのだ。先輩、今日はやけに機嫌が良くて、喉《のど》をごろごろエンジンさながらといった風に鳴らしながら、僕に近付いてきたのだ。

そのときは僕も純真無垢《むく》な冒険者《ダイバー》精神いっぱいだったから、なんの疑いもなく付いて行った。先輩には滅茶苦茶お世話になってるからね。そんなわけだから、何の疑問もなく付いて行ったんだ。

……今回の潜行《ダイブ》のヤバさがはっきりし始めたのは、森こと【大森林遺跡《だいしんりんいせき》】をお散歩したあとくらいだった。

§

先輩、今日は一体どのルートに行くのかなー、どこに連れてってくれるのかなー、と思った矢先、行くのはまさかまさかの第3ルート。そこはかとなく危険とか危険とか危険とかをビビビと感じつつ、『霧の境界』で次の階層に転移すると、そこは深度15の【大烈風《だいれっぷう》の荒野《こうや》】。

そんな荒野で、口から大烈風を吐き出したのは僕を連れてきたライオンさんだった。

「GUOOOOOOOOOOOOO!!」

そう、荒野に蔓延《はびこ》るモンスターたちを、先輩は咆哮《ほうこう》一つで吹っ飛ばしたのだ。

いや、『吹っ飛ばした』は的確ではないだろう。口から吐き出した音波というか衝撃波

というか振動というかよくわからないそんなのが竜巻みたいな超ヤベー攻撃を、モンスターにぶつけたのだ。

それがモンスターに当たったかと思うと、奴らは一瞬で塵《ちり》になってそのまま消し飛んだ。

うん。そんな感じだった。マジでそんな感じだった。

大丈夫。僕も何言ってるかわからないから。

というか本当にこれがライオンの所業なのか。先輩にはなにか別の生物とか混じってんじゃなかろうか。ドラゴンとかドラゴンとかドラゴンとかその辺。ドラケリオンとかお名前はすでにだいぶドラゴンっぽいし。

「ほげー」

一方で僕は、その光景を見ながら意味不明な感嘆符を口から垂れ流していた。

大丈夫かって？　そんなこと訊《き》かれても、正直なところ僕の頭はかなり前にパンクしているから大丈夫大丈夫問題ない。先輩と一緒に冒険すると、それこそ僕の常識が地平の彼方へ吹き飛ぶくらいなのだ。

とまあそんなこんなで、低階層の攻略で僕の出る幕はまったくなくて、そのまま次の階層へ向かった。

いえーい！　ネクストダンジョン！

次はみんなが怖れる毒階層。第3ルート挑戦者に立ちはだかる深度は25【屎泥《しでい》の沼田《ぬた》場《ば》】である。

この階層は毒だ。身体にも毒。見た目にも毒。オバちゃんの紫色したドぎつい染め髪なんて目じゃないってくらいに、けばけばしい階層である。臭いもまーヤバくて、身体に悪そうなケミカル的なものから、地獄谷近くの硫化水素的な腐卵臭みたいな激しい臭いで満ち満ちている。

身体にも毒と言った通り、ここにあるものにはもれなく毒が付いてくるという徹底ぶり。この前師匠と潜った【楽土《らくど》の温泉郷《おんせんきょう》】が天国に思えるくらいには地獄してる。ガチの地獄だ。

そんな階層のそんなモンスス相手にもかかわらず、先輩はそれを素手で引きちぎった。

今回の哀れな犠牲者は、【屎泥の沼田場】在住の、気持ち悪くて見るのも嫌な『粘性汚泥《ポップスライム》』さんだ。

先輩はそれを両手で持つと、

「ぐぉおおおおおおおおお!!」

とかライオンばりの咆哮を上げながら、掴《つか》んでねじ切ったのだ。

だから僕は、冷静になって声をかけた。

「先輩先輩。それ、毒あるんですよ？　毒毒」

「ん？　そうなのか？　俺にはまったく効かないから、みんなの気にし過ぎかと思っていたんだが……」

　いやいやいや。

「先輩？　先輩レベルで考えちゃダメですから。ほんと。先輩の力って軽く人知超えてますからね？　フリーダのマジモンの勇者なんですから」

「ははは！　クドーはまたそんな冗談を。ほら、大丈夫だから触ってみろ」

「冗談じゃないからヤバいのー！　っていうか先輩それ近付けないでー！」

　笑顔で近付いてくる……というか近付けてくるライオン丸先輩から、脱兎《だっと》のごとく逃げる僕。だって『粘性汚泥《ポップスライム》』からヤバい香りがプンプンする気泡が湧き出ているのだ。吸ったらいちころ。きっとそう。先輩が大丈夫だから僕も大丈夫という理論は信憑性《しんぴょうせい》がまったくない。師匠と同じでレベルの暴力が絶対あるはず。こんなところで、鉱山のカナリアはほんとシャレにならないから。ていうか最近こんなのばっかりじゃない？

　というかなんか僕、この階層にいたときから叫びっぱなしだよ。

　魔力よりも先に喉が嗄《か》れそうな勢いである。

　……そしてそのあとは【屎泥の沼田場】の出口。

【内臓洞窟】の一歩手前まで、僕の回想を遡《さかのぼ》ろう。

　もうすでにそこから、僕の手には負えないアホみたいな階層だったのだ。

　僕は【屎泥の沼田場】より先には行ったことがなかったから、ここからはほんと初めての場所だった。まさかこんな形で訪れることになるとは露ほども思わなかったんだけど……うん、もうこんなところ二度と来たくないって思っちゃうほど、脳内会議全会一致で、決定されたよねガチで。

もちろん、気分の悪さは【屎泥の沼田場】から持ち越しだった。いつもならそのまま引き返して、【大烈風の荒野】で風を浴びまくって気分的なコンディションを元に戻すのだけれど、今日はそれがないから気持ち悪さ当社比そのままで、レッツゴーしたのである。

つらみ。

かなしみ。

今日三度目、霧がかった鏡面の前で、どうしようもなく慄《おのの》く僕。

「先輩先輩。僕ちょーっと気分の方がよろしくなくなってきたなーって思い始めてる次第でして」

「クドー、そう言っていられる内は大丈夫だ」

「いえいえ、やっぱりこういうのって、ヤバいなって思い始めたときにすぐ対処した方が、症状が悪化とか重篤《じゅうとく》化とかしなくて済むっていうかで」

「病《やまい》は気からだ。気を強く持て」

そう言って、僕の肩をぽんぽんと叩《たた》いてくる先輩。未知の階層を前にして余裕なのはとっても頼もしいけど、いまはそれが恨めしい。

「ヤダー、先輩って精神論者だったんですねー」

「ははは！」

……やばい。師匠はわかっててやるタイプだけど、先輩は天然なタイプだ。僕の状態を見ているようで見ていない。いや確かに騒いでいるうちは大丈夫なのかもだけど。精神的な問題を見過ごしているというか——

「クドー、お前は本当に切羽詰まると口数が減るタイプだ。なに、喋《しゃべ》れているうちはまだ余裕だろう。それに体力も魔力も半分以上残っているのだろう？」

「…………」

前言撤回。先輩、なんかしっかり僕のこと見抜いている。

でもよくよく考えると、先輩の言う通りかもしれない。余裕がなくなると口数が減るのは確かにそうだ。

そういうときは、喋る余裕がないだけなんだけど。

「さ、行くぞ」

「先輩首根っこ掴まないでくださいーっ！　ああああああー!?」

それで、意を決して踏み入った……嘘です無理やり連れて行かれたわけだけども。

「……あの、なんでしょうか、ここ？」

それが、この階層を訪れた僕の第一声だった。

「うむ。ここが迷宮深度40【内臓洞窟】だ」

「…………マジで？」

先輩はランタン。僕はライト。それぞれ照らしてみて僕が懐《いだ》いたのは、困惑というよりも戦慄だった。

あらためてここの名称が、【内臓洞窟】ということを思い知らされる。

……ガチだ。そう、ここはガチのマジで内臓なのだ。ライトで照らすと、見えるのはピンク色。まさに内臓といった感じの粘膜具合。

その辺を靴の裏でふみふみする。生物的な柔らかい感触と、ぬちゃりとした水分を感じる音。足を持ちあげると、靴裏についた粘液が糸を引いた。

――あ、ダメだわこれ。

そう思ったね。うん。一瞬でそう思った。だって無理だもんこれ。ほんと。だって迷宮《ダンジョン》じゃないもんここ。巨大生物のお腹《なか》の中だ。そんなぬくもりティを感じるもの。奥に行ったら消化されちゃうんじゃないか感満載過ぎる。

「先輩。僕、今日はここでさよならライオンしたいです。ぽぽぽぽーんと」

「クドー、今日の冒険はここからだぞ？　ここで引き下がってどうする」

ガシっと両肩を掴まれる。

しかも、いい笑顔で。

どうやら、あいさつの魔法は使わせてもらえないらしい。結構な汎用魔法なんだけどな。

「えっと……ちなみに、ちなみになんですけどここ、モンスターってどんなのがお住まいになっていらっしゃるのでしょうか……？」

「ああ。そろそろ見えてくるぞ」

「そろそろ？」

先輩のあとを付いて恐る恐る先に進んでいると、曲がり角というか、粘膜の折り返し辺りに、影が見えた。

いや、うん。『見えてしまった』と言うべきだろう。

「…………あの、先輩？　僕もう無理です。レベルとかそんなの関係なく、あれはもう精神の限界を通り越して天井をドリルで天元突破してます」

そう、曲がり角からうねうねと出てきたのは。節を持ったミミズのような、白い生き物だった。

うん、ここはもうはっきり言おうじゃないか。僕の目の前にいるのは、超デカイ寄生虫だ。サナダムシのでっかいバージョンと言えばわかりやすいだろう。地獄の先生的な漫画の第120話も目じゃないぜ的なフォルムのモンスターである。

キモイ。

ほんとキモイ。

というかキモイ気持ち悪いよりもグレードが上の言葉を要求したい。

「わかる。わかるぞ。確かにあれは気持ち悪いからな」

ホントかよ。

と突っ込みたくなるくらいの落ち着きぶりを発揮する先輩。

「――だがなクドー。あれを踏み越えていかなければ、俺たちはずっとここで足踏みしなければならないんだ」

「いまのすごくかっこいい言葉だと思いますけど、別にムリして行かないといけないような状況ではないと思うんですよ？　そりゃあ世界の危機とかだったら頑張らざるを得ないかもしれないとか数ミリくらい勘案《かんあん》の余地はあるかと思いますけど」

「だが、それが今日の目的だからな。まあ心配するな。あれは俺がどうにかしてやるから、大船に乗ったつもりでいろ」

「確かに船は船でも大船というかもはや大戦艦クラスですけど」

「ならば良かろう？」

ううん、違うの。問題はそこじゃないの。ホント。無事に生きて出られる出られないの話じゃなくて。精神が発狂したら意味ないの。その時点でキャラロストでしょ。詰んじゃうんですってマジで。

「――まあ、だからと言ってぼーっとはするなよクドー。そら、来るぞ？」

「来る？　来るって、へっ？」

それに反応できたのは、まさに奇跡だろう。間一髪。何かが飛んできたような感じがして横に避《よ》けたら、後ろの床にべちゃりと何かが落ちる。そして聞こえる、焼肉関係から遠く離れたじゅうじゅうという音。見れば、粘液じみた何かが内臓の粘膜をじゅうじゅう言わせていた。じゅうじゅう。

これを飛ばしたところ？　うん、もちろん何も見えなかったさ。

ちょう怖い。

「は、速っ……速過ぎじゃないですかね……」

「うむうむ。勘でかわしてみせるとは、やるなクドー。素質があるぞ」

「ありがとうございますとかそうじゃなくて！　いまのがあいつの通常攻撃なんですか!?」

「そうだな。というか来るぞ。今度は連射だ」

「れんっっっっ、いやぁああああああああああああー!?」

謎の寄生虫モンスは口吻《こうふん》らしきところから、先ほどの粘液を乱れ打ち。

僕は叫ぶのとかわすので手一杯だ。ホントはここで防御の魔法を使えば良かったんだけど、もうそこまで頭は回っていなかった。

正直なところ、師匠から訓練を受けてなかったら死んでた。即死んでた。だからって師匠にありがとうとは言わない。おっぱい？　その件はお礼というか平伏して崇《あが》め称《たた》えるレベルだけどもさ。

ひとしきり寄生虫モンスの粘液攻撃をかわしていると、先輩がデカい剣で倒してくれた。

ちょっとやそっと切り分けられても、うぞうぞ動いて襲い掛かって来るような調子だったけど、先輩がすかさず粉々にしてくれた。うん、ストロビラ怖い。

……それで、この階層の最奥にいたのがもうヤバい。ヤバいと何度言ったかわからなくなるくらいヤバいヤツが出て来た。

ここでその特徴は詳しく語りたくない。

あれだ。マンボウの身体の中のうねうねぐにゃぐにゃが、大きな塊になったような見た目のヤツだ。それ以上はもう何も言えない。うげー吐きそう。

しかもこれが超強いったらなんの。一個一個は小さい……というか群体ではなく全部合わせて一個体らしい。うねうねぐにゃぐにゃの一つ一つをとんでもない速度で周囲全体に飛ばしてくるのだ。あれはマズい。一つでも身体に当たったらそこから身体の中に潜り込まれて寄生されて、内側から食い殺されるとかそんな想像が簡単にできるタイプである。

僕？　僕はずっと魔法で防御してた。ビバ引きこもり。

先輩は最強だからあれを全部凌《しの》いだ。剣で斬り払ったり、咆哮で吹き飛ばしたり。一匹も身体に付けていない。すごい。

「クドー！　生きているな？」

「し、死んでます……もう精神的に死んでますたぶん十回くらい」

「ならよし！」

何がいいのか。一体。僕の精神状態は勘案する余地もないのか。

ふと気付くと、ボス寄生虫モンスは身体を構成しているものを武器にして飛ばしまくっていたせいか、小さくなっていた。

これはまさか……。

「先輩！　これこのまま凌いでいればもしかしてこいつ!?」

「クドー、現実はそんなに甘くないぞ」

先輩のその言葉通り、ボス寄生虫モンスの身体が膨《ふく》れ上がって、もとの大きなうねうねぐにゃぐにゃに戻ってしまった。

絶望である。

そんなときだ。

「GAOOOOOON!!」

「ぎゃぁあああああ!!」

突然先輩が、鼓膜が弾《はじ》け飛ばんばかりの咆哮を上げたせいで、僕も絶叫を上げてしまう。

僕の耳がキーンとなって即死したその瞬間、先輩は突進して大剣で斬りかかった。

……うん、確かに斬りかかったはずだ。でも寄生虫は、やっぱりいつかの先輩の攻撃みたく、塵になって吹き飛んでしまった。

耳が復活してから、先輩に訊《たず》ねる。

「せ、先輩、いまの必殺技は……？」

「うむ。いまのは『GAOOOOONクラッシャー』だ」

「がお……」

いやそのネーミングはなんだ。確かにそんな声は出してたけどもさ、声だけで実際は斬ってたじゃん。

「いまの技は魔王に痛手を与えた唯一の技でな――」

と言いながら、先輩は再び武勇伝を語り出す。先輩の場合ガチの武勇伝だからいいけど、こんなところで長話はしたくない。

「そうだクドー。それの核石《かくせき》はどうする？　お前が持って行くか？」

「あ、僕触りたくないんでいいです」

ムリ。だってなんかぬちゃっとしてどろっとしてるんだもの。

「触りたくないからいらないとか変わっているなお前も」

「先輩に言われたくないですよ!!」

「わははは!!」

また豪快に笑い出す先輩。あんなのと戦ったあとでこうも余裕でいられるなんて、正直とんでもなさすぎる。いや、最強だから最初からわかってたことだけどさ。

§

とまあ、目的地に来るまで、そんな大冒険があったわけだ。

そしてそのあと、【滅びた地下都市】のモンスたちを蹴散らして……訂正。全部先輩に蹴散らしてもらって、ある場所に来たのだけれど。

……ここ、【滅びた地下都市】は、ほんとに地下にあるらしく、途方もなく巨大な洞窟の中にある。縦横奥の直径はキロ単位で計測不能。天井はほぼ見えず、岩肌が広がり、水晶らしき迷宮鉱物が淡い光を放っているため、そこそこの明るさがある。

街一つならすっぽりと入ってしまうほど。その形容の通り、たどり着いた場所には、都市らしきものがまるまる一つ、すっぽりと収まっていた。

崖の上から見えるのは、やはり街並み、建造物。

「あれは、街ですか？」

思わず、先輩にそんなことを訊いてしまう。

それもそのはず。崖上から見えた街は、フリーダの建築様式からはかけ離れた造りだったからだ。どこかモダン寄りの造形で華美に寄らず、のっぺりとしてシンプルな造りは、SFに出て来る近未来の都市を思わせる。

そして、もう一つの理由が、ここが廃墟《はいきょ》であることだ。

建造物は崩れており、骨組みがむき出し。瓦礫《がれき》がそこかしこに見て取れるし、なにより人の気配がまったくないのだ。

放置されて何年、何十年のレベルではない。

すると、先輩が、

「ああ。そうだ。お前の思った通り、ここは街だ。だったと言うのが正しいのだろうな」

「先輩はこれを？」

「俺もよく知らん。これは、俺が初めてここに来たときからこうだったからな」

「もしかして、さっきのヤツらに滅ぼされたんですか？」

「状況から見て、おそらくはそうなんだろうな」

崖から降りて街を回りながら、先輩にいくつか質問していく。やはり先輩も詳しくはないのか、「たぶん」とか、「だろう」とか、憶測を匂わせる言葉が多い。

だけど、この世界にはこれのことを知っている者もいるはずだ。

だってこの世界には、この世界を創った方々がいるのだから。

「こういうの、神様たちはなんか言及とかしてないんですか？」

「さてな、これに関しては訊いても答えてはくれん。自分たちで導き出せということだろう。あの方々は、なんでも教えるのを良しとしないのだ」

「そうなんですか……」

　まあ確かになんでもかんでも教えてくれたら楽しくないか。

「でも、こういうのってなんかわくわくしますね。ちょっと不謹慎かもですけど」

「そうだな。ここで一体何があったのか。一体どんな者たちが住んでいたのか。興味が尽きん」

「考え始めると止まらないってヤツですね」

「ははは。そうだな」

　こういったものを見ていると、考古学的な興味が湧いてくる。滅ぼされてしまった人たちには申し訳ないことだけどね。

　ふとそんな中、ライオン丸先輩が――

「ところでクドー、お前はこの世界の人間ではないな？」

「ええ、そう――」

　と言いかけて、ふと自分の記憶を検《あらた》める。

「あれ？　僕先輩にそのこと言ってましたっけ？」

「やはりか」

「ちょ、先輩!? カマかけたんですかぁ!?」

「確信はあったが、まあな」

「確信って、一体どこらへんからでしょうか?」

「そんなものお前と初めて会ったときからだ。見たこともない恰好《かっこう》をして突然フリーダに現れたり、俺の姿を見て異常に驚いたりしてただろう?」

「あー」

　確かにそうだ。僕がこの世界に初めてきたときに出会ったのがライオン丸先輩なのだ。初めての異世界で、どきどきはらはらしながら冒険者《ダイバーズ》ギルドを覗《のぞ》いていたとき、声をかけてくれたのが先輩で、激しく驚いたのを覚えている。

　……だって筋骨隆々のライオン頭が近付いてきたんですよ? お口をぱっくり開けて近付いてくるんですよ? 「食べないでくださいお願いしますぅぅうう!!」って言っちゃうのも無理ないでしょそんなん。

　こっちの世界の人はそんな風に驚かないから、不思議に思ったんだね。

「それに、クドーは少し脇が甘いぞ? まあ俺のあっけらかんとした態度で騙《だま》されたんだろうがな」

「くっ、先輩は策士だったか……」

　先輩、実は道化の振りをして相手を油断させる曲者《クセモノ》キャラだった。最強の戦闘力に加えてそれとかズルい。ちょうズルい。

「クドー、お前は一体どういう経緯でここに？」

「えっーと、エレベーターで遊んでたら、突然神様のいるところに転移して流れで……って感じです」

「ふむ」

「それで、初めて神様に会ったときは――」


『きみ、別世界の人でしょ？　いまヒマ？　もしヒマだったら僕の管理する世界に遊びに行かない？　結構楽しいよ？　それにいまなら特別に僕の加護をあげて魔法も使えるようにしてあげるよ？　どう？　どう？　興味ある？　興味あるよね？』※意訳です。


「……そんな風にやたらと熱心に勧誘されまして、僕の世界には魔法とか魔訶不思議《まかふしぎ》能力ないんでそのままホイホイ勧誘に乗ってしまって、証明書《スコアカード》渡されて……」

「フリーダに転移してきたと」

「はい」

「何か頼まれたりとかはしたのか？」

「特には。適当に楽しんできてよって言われたくらいです」

「なるほどな」

先輩はうむうむと頷いている。

ただ、僕が神様のお願いに関して気になっているのは、

「こんな感じでいいんですかね？　ほら、この世界の人って神様に関わるときは、何か重大なことを頼まれるって聞きますし」

「ふむ、そこは特に気にしなくてもいいだろう？」

「そうなんです？」

「基本的には好きにすればいいと思うぞ？　お前が自然体のまま動いていれば、それだけで利益になるだろうからな。そもそも性格上、人に何かを強制するようなお方ではない」

確かにそうだ。神様は終始僕みたいに適当な感じなのだ。よっぽど何かして欲しいときはお願いしてくるし、特に気にする必要もないのか。

「先輩も神様、アメイシスさんには会ったことが？」

「お前ほど頻繁ではないだろうが、何度かな」

人間以外の他種族は、自分の種族を作った神様がよく会いに来てくれるらしいが、先輩の場合はやっぱ魔王を倒した勇者だからなのだろう。

そこで、ふと思う。

「先輩、今日はどうして僕をここに？」

「いや、お前には、俺たちの世界にはこういったところがあるということだけ知っておいて欲しかったんだ。この世界には、ここのようにまだまだよくわからない場所が多くある。もし可能であれば、これがなんなのか考えてくれ」

「考える……」

「なに、そこまで深刻に考える必要はない。心の隅にでも留めておいて、たまに思い出してくれればいい」

先輩は、また快活な笑顔で牙を剥《む》いて、そう言葉をかけて来る。獣頭《けものあたま》だから笑顔になると牙が見えるんよね。他の獣頭族の人もそう。

「さ、そろそろ帰るか」

「ええ、そうですね。帰りましょ……はっ!?」

先輩の言葉に応えたとき。そこで、僕は気付いてしまった。

これから、もう一度あの気持ち悪い階層を通り抜けなければならないことに。

……あれだ。うん、もう当分ここには来たくないよ。

階層外　受付嬢アシュレイ・ポニーのある日の業務

冒険者《ダイバーズ》ギルド受付嬢、七番窓口対応、アシュレイ・ポニー。

彼女は十六歳で冒険者《ダイバーズ》ギルドの職員となった、勤続年数六年のベテラン受付である。

勤続六年でベテランと言うと首を傾《かし》げる者もいるかもしれないが、働き手の入れ替わりが少なくない冒険者《ダイバーズ》ギルドでは、長く続いている部類に入る。

やはりこの仕事でネックなのは、業務の多さと、多くの人間関係を築かなければならないストレスにあるのだろう。裏方の職員が担当する業務もそうだが、受付嬢はそれに輪をかけて多いという。

担当する冒険者《ダイバー》とギルドの窓口に始まり。

担当冒険者《ダイバー》の成果管理とギルドへの報告。

鑑定人など他業種との橋渡しなども、業務の範疇《はんちゅう》に入る。

冒険者《ダイバー》のレベルや身体《からだ》の状態を見て、彼らが迷宮《ダンジョン》に潜行《ダイブ》する際は適切な階層を勧めることもやらなければならない仕事の一つだ。

冒険者《ダイバー》は日銭稼ぎの人間がほとんどで、成果報告は総花的《そうばなてき》にまんべんなく行うものとされるが、新人や高い成果を上げる冒険者《ダイバー》については、よく顔を覚え、都度のコミュニケーションも忘れてはならない。

潜行《ダイブ》の成果いかんでは、ランクの上下に申し添えを行うのも受付嬢の役目だ。

あとは、冒険者《ダイバー》に迷宮任務を課すのも、忘れてはいけない事柄だろう。

ギルド運営のために必要な迷宮素材の入手や、異常発生したモンスターの討伐など、その内容に見合った実力を持つ冒険者《ダイバー》にクエストを委託する。

………一部、本当に一部というか特定の一人だけ、それをめんどくさいからやりたくないといって聞かない冒険者《ダイバー》もいるのだが。

迷宮任務がそういった煩わしいものではないと何度言い聞かせても受けてくれない、ある意味ちょっと問題児的な冒険者《ダイバー》だ。

どちらかと言えば、迷宮任務は冒険者《ダイバー》たちが優先的にやりたがるクエストだ。

これを受ければ、ギルドから特別報酬が払われるため、普通に核石《かくせき》や素材を手に入れて、それを売り払うよりも多くの金銭が手に入るし、それが外部機関から委託されたものであれば、冒険者《ダイバー》にとってコネクションの構築にも繋《つな》がるという有益性もある。

もちろんランク上昇にも大きく影響するため、それこそメリットしかないはずだ。

だからこそ、冒険者《ダイバー》はこれを挙《こぞ》って受けたがる傾向にある。

そう、いまアシュレイの目の前にいる、冒険者《ダイバー》たちのように。

剣士の青年。

盾持ち大鎧《おおよろい》の女性。

探索、警戒を専門とする斥候職《せっこう》に。

武闘家の男。

雇った荷運び役《ポーター》の青年。

残念ながら魔法使いはいないが、彼らはつい最近、新人という枠組みから飛び抜けた有望な冒険者《ダイバー》たちだ。

やっと初心者から一段上に上がったというくらいで、中堅《ベテラン》からすればまだまだひよっこという区分にあるが、それでも迷宮潜行《ダンジョンダイブ》に慣れが出始めて、安定感が出て来た頃。

血気盛んで、向上心に溢《あふ》れている。

だがその反面、少々の無茶でも通してしまおうとする危うさもある。

今日の彼らには、その『危うさ』がチラついていた。

「――それで、あなたたちはこの迷宮任務が受けたいと」

「おう！　受付さん！　よろしく！」

リーダーである剣士の青年が、快活な笑みを見せる。

年下だが、敬語はなし。冒険者《ダイバー》は大抵こんなものだ。見下されているというわけではないが、基本は力が有り余った荒くれたち。

他の仲間もやる気に溢れているらしく、目には生気が漲《みなぎ》っている。

表面上は。

……だからこそ、そんな彼らをよく観察しなければならないのだ。

見なければならないのは、顔色と怪我《けが》をしていないかどうかの二つ。

冒険者《ダイバー》のコンディションは、必ず顔に現れる。

疲れていればまぶたが下がり気味になり、体調がすぐれなければ血色が悪くなる。

食事を満足に摂《と》っていないときもそう。肌の色味が失せていたり、表情が暗かったりする。

もし怪我を隠しているのなら、必ず動きに現れるのだ。

動きに怪我をした部位を庇《かば》うような素振りが混じり、意図せずバランスを欠いた動きをしてしまう。

アシュレイはこれらが重なった状態を、『危うさが積もっている』という風に考えている。

迷宮《ダンジョン》での全滅は、これらの要素の蓄積だ。これらが見過ごせない状態にまで及ぶと、冒険者《ダイバー》は七割の確率で遭難する。

アシュレイもこれまで何度そういった冒険者《ダイバー》を見て来たことか。

件《くだん》のチームのメンバーに指示を出して、一人一人顔を近付けさせたり、チーム全員を適当に動かしてみたりする。

結果。

「ダメね。この任務を受けるのは許可できないわ」

「な、なんでだ⁉」

「盾持ちのイレーちゃん、怪我してるわね？　ダカットさんも顔色がちょっと良くないわ。ご飯ちゃんと食べてないいんじゃない？」

「こ、これくらいの怪我なんともありません！」

「俺は朝飯を抜く主義なんだ」

「ふーん」

二人に視線を合わせようとすると、どちらも気まずそうに目を逸《そ》らす。

すると、剣士の青年が二人を庇おうと発言する。

「確かにイレーは怪我してるし、ダカットはご飯食べてないけど、二人とも心配するようなものじゃないって言ってるしさ、ここは……」

「ダメよ。体調が悪いとき、それに対処できる状態にないときは、実力と同等のクエストを受けてはいけないの」

無論それは、アシュレイルールではあるのだが。

「いやでも、その迷宮任務を受けないと、今度のランク査定のときに落とされるかもしれないし……」

「あー」

そういえば、と。彼らは今月あまり迷宮任務を受けていなかったことを思い出す。

ギルドの中央大ホールに貼り出されるランキング表は、ひと月に一度行われる『ランク査定』で変動する。受付嬢の印象はもちろん、どのグレードの迷宮任務を何回こなしただとか、階層のボス級《クラス》を倒しただとか、ギルドにレアな迷宮素材を売却したとかでポイントが蓄積し、順位が変わる。

冒険者稼業《ダイバー》は競争相手が多いため、変動は激しい。ちょっと気を抜いていると、すぐ下にいたチームに追い抜かれてしまうほど。

みな自分のランクを保つ、もしくは上げるのに躍起になっているのだ。

だから彼らも、こうして迷宮任務にこだわっている。

だが、今回彼らが受けようとしているのは、第4ルート途上、迷宮深度18【水没都市《すいぼっとし》】。レベルが平均15程度である彼らには、ちょうどいい階層だが、それは健康であったならのこと。怪我人、体調不良の人間を抱えての攻略は、死への階段まっしぐらだ。

「受付さん！　頼む！　この通りだから！」

剣士の青年が頭を下げて頼み込んでくる。

他の仲間たちも、彼と同じように頭を下げた。

そこまでしてランクを落としたくないか。

まあランクが冒険者《ダイバー》にもたらす恩恵は大きなものだ。攻略物資を優先的に購入できるし、フリーダにある一部施設も無料で使用できる。ランクが落ちれば、その特権の恩恵を受けることができなくなるため、必死になるのも無理はない。

頑《がん》として忠告を聞き入れないチームに困っていると、ふと迷宮《ダンジョン》の出入り口にあるものが見えた。

そして、息を一つ吐き出して、

「――そう。じゃあ訊《き》くけど。あなたたちはあんな風になりたいの？」

「あんな風？」

青年の問い返しを受け、迷宮《ダンジョン》の出入り口に視線を向けるよう促す。

「――ッ!?」

さすがにそれを見れば、動揺せずにはいられないか。

チーム全員が、固唾を飲んだ。

しかしていま迷宮《ダンジョン》から出て来たのは、冒険者《ダイバー》の死体だった。

無残に食い荒らされた亡骸《なきがら》が、荷車に載せられて、仲間たちに運ばれている。

目を背けたくなるような惨状だ。あんな風に死ぬなんて考えたくもないほど、ひどい有

り様。

大抵一日一度は、ああやって死体があがる。三日に一度は、チームが全滅。迷宮探索は過酷以外のなにものでもない。

「たぶんあれ、あなたたちが行こうとしてる【水没都市】の『奇怪食花《クロッシュラー》』にやられた死体ね。他人事《ひとごと》じゃないんじゃない？」

「う……」

さすがにあんなものを見れば、二の足も踏むか。死体から目を逸らす者、あまりのむごたらしさに顔を青くさせる者。やはり彼らも、ああはなりたくないと思うのだろう。

「あのね。体調の悪いときはできる限り潜行《ダイブ》して欲しくはないの。特にあなたたちは、最近トントン拍子で階層攻略を進めているから」

「で、でも、ノルマがあるから……」

「ノルマがそんなに大事？　自分の命よりも？」

「それは……」

リーダーの青年は、まだ決断しかねている様子。

冒険者《ダイバー》の全員が全員、怪我とノルマをきちんと天秤《てんびん》にかけられる人間であればどんなにいいかと、何度思ったことか。

その点で言えば、あの少年は評価できるのかもしれない。

そう、いまちょうどギルドに入ってきたあの少年だ。

大きなバッグを背負い、頭には大きな帽子、ベルト付きの淡い茶系の服装に身を包み、足には質のいいブーツ。ここ冒険者《ダイバーズ》ギルドでは、いやフリーダであっても、あまりに浮いた服装を着こなしている。

名前を、クドーアキラ。半年ほど前にこのフリーダに現れた魔法使いの少年である。

彼にとってはノルマなんて関係なしだ。

まったく気にせず、むしろ煩わしいと思っている節さえある。

そんな彼は、運ばれてくる例の死体の横を通って受付に並ぼうとしている。

それも、至って平然とした様子でだ。

（…………）

彼は、初めて見たときからああだ。普通はあんなむごたらしい遺体を見たら、驚くし、怖れもする。迷宮探索だって、二の足を踏みたくなるだろう。しかし、何故《なぜ》か彼はそんな死体を見ても、ああいう風に至って平然と素通りするのだ。

たとえそれが、自分のすぐ近くを通ったとしても。

初めは、見たくないものを意図的に無視しているのかとも考えたが、そうではなかった。ときおり、変わった祈りの姿勢を取って、黙とうを捧げたりしているため、目に入っていないわけではない。

（すっごいビビりなのに、あれはどうしてなのかしら……）

クドーアキラは、やたらと臆病だ。どうして冒険者《ダイバー》になったのか疑問を覚えるくらいに、多くのものを怖がる傾向にある。顔の怖い魔物やレイス系の魔物は大嫌いだし、自分より強い魔物が出る階層には絶対に行かない。ときには顔が怖いだけの冒険者《ダイバー》だって怖がって涙目になる始末。それなのに、迷宮探索に出るのだ。レベル上げが楽しいからと。迷宮《ダンジョン》の景色がきれいだからと。迷宮《ダンジョン》で取れる食材がおいしいからと。命の危険を顧みずに。

普通、冒険者《ダイバー》が迷宮《ダンジョン》に潜る理由としては、食い扶持《ぶち》稼ぎか、深階層へ潜っての荒稼ぎか、名誉のためかのどれかになる。

みなモンスター以外に、死や怪我の恐怖や明日生活できるかという不安と戦っているのだ。レベルにしたって、普通は遊びに行く感覚で上がるようなものではない。魔物と戦い、それを倒す苦労を経て、初めて上がるものなのだ。普通に生活する分なら無理して上げなければならないものではないし、兵士などのように戦闘を生業《なりわい》としないのならばレベル10だって要らない。

なのに、何故かレベルを上げたがる。不必要に強くなりたがる。

その結果が、魔法使いであって現レベル34という驚異の数値だ。世界を見渡しても二十人いるかいないか。御年《おんとし》八十六歳になるメルエム魔術学園の学園長が、レベル40というのだから、その異常性がわかるだろう。ここフリーダでも、35越えは『炎似隼《ラ・ファルコ》』『翠玉公主《エスメラルダ》』

『天魔波旬《テンマハジュン》』の三人しかいない。それに匹敵するのが、あのフリーダに来てまだ半年程度の少年なのだ。一体どんな無茶をやらかせばあれほど強くなるのか。『四腕二足の牡山羊《フォースアームゴート》』『溶解死獣《ポイズンキマイラゾンビ》』などの並みいるボス級《クラス》を撃破できる手腕を持っているにもかかわらず、その性格が釣り合っていないのは不思議議という他ない。

いや、変わっているという次元でなく、人間としておかしいのではないだろうか。

まるで、頭の大事な部分を留めておく何かが、外れてなくなってしまっているかのようにも――

「アシュレイさん……」

ふと、そんな考えに浸っていた折、例のチームが声をかけて来る。

だが、

「いい？　この任務を受けるのは認められないわ。いくらノルマがかかっているって言ったって、死んだら元も子もないもの。ダメなものはダメよ」

許可を出せないことを告げると、青年は目に見えて肩を落とした。

「いいじゃない。いまさら少しランクを落としたって、環境が大きく変わるわけでもなし。だからこそ飛びぬけたいって思うのかもしれないけど、それで死んじゃったら何もならないじゃない」

「まだ死ぬと決まったわけじゃ！」

「そうね。今回は大丈夫かもしれない。でも次は？　その次は？　こんな慎重さに欠けた潜行《ダイブ》なんかしてたら、あなたたち必ず死ぬわ。私がそういった冒険者《ダイバー》をどれだけ見て来たと思ってるの？」

「う……」

「悪いことは言わないわ。今日は【大森林遺跡《だいしんりんいせき》】とか【霧浮く丘陵《きりうきゅうりょう》】で我慢しておきなさい。軽くお金稼ぎするだけでやめておくの。いい？　私だってイジワルしてるわけじゃないの。あなたたちに無事でいて欲しいから言ってるのよ？」

さすがにここまで言うと、彼らも聞き入れざるを得なかったらしい。

静かに、そして重く、頷《うなず》いた。

「……わかった」

「よろしい。ここで踏み止《とど》まれる理性を持っているところは、ちゃんと評価しておくから」

一応、そんなフォローも入れておく。踏み止まれることは大事なことだ。こればかりは冒険者《ダイバー》にとって絶対に必要な資質であると言えるだろう。

彼らが離れていくと次、その後ろに並んでいたクドーアキラが前に来る。

「アシュレイさん。今日も来ましたー」

そうあっけらかんと言うクドーアキラは、にこやかだ。こんな風に心の底からの笑顔で迷宮《ダンジョン》にやって来る人間も珍しい。

「………クドー君、あなた最近ほぼ毎日ね。毎日探索なんて飽きない？」

「いえいえ、冒険とか超楽しいですし」

「じゃあ疲れない？」

「一晩眠ればだいたいオッケーですよ」

その辺りのタフネスさは、高レベルの為《な》せる技か。彼くらいのレベルになると、疲労の溜《た》まり具合や、回復速度などがかなり上がるらしい。レベルが30を超えると、二晩三晩の徹夜さえ可能とし、睡眠時間がいつも通りでもへっちゃらなのだとか。うらやましいことこの上ない。もし自分がそれだけの力を得たならば、まずは溜まっている書類仕事をやっつけてしまうだろうに。

ともあれ、

「クドーくん、今日はどこに行くの？」

「今日は……特に決めてませんね。日がよろしくなさそうだったら森で草でもむしって引き返してきますよ」

「そう。気を付けてね。おみやげよろしく」

「えー、またタカる気ですかー？　もー」

クドーアキラは頬を膨《ふく》らませて口をとがらせ、ブーブーとぶー垂れつつも、なんだかんだ手を振って去って行く。

軽い。先ほどのチームへの厳重な忠告は何だったのかというほどに軽く、応対する時間も短い。

本来ならば、本来ならばだ。もっと担当している相手の状態を確かめ、忠告なり注意喚起なりをするところなのだが、彼にそんなのはほぼ無駄なことなのだ。ああやって適当に答えていても、彼の潜行計画《ダイブプラン》の綿密さは、受付嬢如《ごと》きが口出しできるレベルではないのだから。

クドーアキラが迷宮《ダンジョン》に入って行くのを眺めていると、同僚が声をかけて来る。

「あしゅれー」

「なに？　ネム」

「うんうー、いまマーヤと話してたんだけどねー」

そう言うと、彼女《ネム》と話すために席を立って行った別の同僚マーヤが、渋い表情を向けて来る。

「あのねアシュリー。さっきの彼のことなんだけどね。ネムがちょっと聞きたいことがあるんだって」

「そうそうー。彼、ときどき見るけどー、なんか足が浮ついてるっていうかー。油断してやられそうっていうかー。あれー、ほっといたら死ぬんじゃねー？　てきなー」

ネムは受付嬢の視点からの言葉だろう。確かに表面を見た限りでは的確だが、クドーアキラは表面だけでは測れはしない。

「大丈夫よ。あの子、どうせ今日もいつものように経験値《スコア》稼いで、いまみたいに軽い足取りで帰ってくるから。それはマーヤもこの前話したでしょ？」

「私もそれはネムに話したんだけど、やっぱり規則で話せないこともあるから、それならアシュリーに直接聞かせてもらった方がいいかなって」

「あしゅれー、止めなくて大丈夫なのー？」

「大丈夫大丈夫。それに、あの子には結局何言っても無駄になるんだから。そういうのは最初の二か月で諦めてますー」

そう、クドーアキラにはすでに腐るほど忠告した。

ソロはやめておけ。

毎日潜るのはいくらなんでも無茶だ。

どこかのチームに入れ。

迷宮任務を受けろ。

きちんとランクを上げろ。

それらの忠告は何も、本気で自分の評価を上げたいからしたものではないのだ。

チームに入れば言わずもがな生存率は上がり、迷宮任務を受けて貢献度を増やせば、怪我や病気をしたときに生活が保障され、時にはポーションだって支給される。もちろんランクを上げれば、その恩恵を優先的に受けやすい。

しかし、彼がそれらの言葉を訊くことはなかった。死んだらそれまで、自己責任だから、と。

確かにそうだ。迷宮探索に関連する冒険者《ダイバー》の怪我や死亡は、誰が責任を問われることでもない。それでも、受付嬢はなるべく引き留める。引き留めなければいけない。

「ほんとにー?」

「大丈夫よ。あの子、自分のレベルに見合わないところには絶対行かないし」

「でもソロだよー?」

「ソロだけど。チームには入りたがらないしね……」

クドーアキラ。別に協調性がないわけではないのだが、あまり他人に気を遣ったりしたくないからだろう。なんでも訊いたところによると、潜れる時間に融通が利かないとかで、週の大半は午後にしか来られないのだという。そのため迷惑が掛かってしまうからと、チーム加入の積極性はほぼ皆無なのだ。

それならそれで、迷宮傭兵《めいきゅうようへい》をやるなり、仲間に日を選んでもらうなりすればいいとは思うのだが。

ふと、マーヤが厳しい顔を向けてくる。

「でも、やっぱり一人は……って私も思うわ。強い冒険者《ダイバー》なんだから大事にしないとだし。あなただって内心ではそう思ってるんでしょ？」

「まあね」

「……ねえアシュリー。思うところがあるんなら、強権《アイアンハンド》使いなさいよ」

――強権《アイアンハンド》。それは受付嬢に与えられた権限のようなものだ。

受付嬢は、担当する冒険者《ダイバー》の迷宮潜行《ダンジョンダイブ》を強制的に制御する執行権を行使できる。そのため、その気になれば、冒険者《ダイバー》に迷宮任務を強制的に課したり、適正なチームに無理やり加入させたりすることも可能なのだ。冒険者《ダイバー》を守るため、ひいては冒険者《ダイバーズ》ギルドの利益確保のために。

受付嬢はこれを行使できるからこそ、冒険者《ダイバー》たちから尊重され、対等な関係が保たれるのだ。

だが、

「私は強権《アイアンハンド》を使う気はないわ。私はなるべくあの子の邪魔はしないってことに決めてるの」

それは、クドーアキラには必要ない。いや、そうではないか。それをやってしまったらどうなるか……という懸念の方が強いのだ。

もしそんなことをして、彼がフリーダに来なくなってしまったら、と。

あの自由な性格だ。無理強いすれば、二度とフリーダに現れなくなる可能性だって考えられる。

本人が生活のためでなく、楽しみに来ている以上はその邪魔をするつもりはない。

だから、いくつか上から言われていることも、無視しているのだ。誰も倒しに行きたがらない、倒すことがほぼできない『溶解死獣《ポイズンキマイラゾンビ》』の核石の安定した取得、高栄養価で美味、金持ちが欲しがってやまない『グレープナッツ』『真珠豆《しんじゅまめ》』の大量採取、彼が持っている魔物や階層に関する詳細な絵と特徴をまとめたレポートの提出はその最たるものだ。

彼がそれをやるだけで、ギルドが抱える長年の悩みがいくつも解決される。

この前のゴールドポーションに関しては、絶対に交渉をまとめろと強く言われたため、さすがにどうにもできなかったが——あれは仕方ない。ギルドが高ランク冒険者《ダイバー》たちから激しい突き上げを食らったのだ。冒険者《ダイバー》は生存率に関わることには、過剰なくらいに敏感なのだ。

だが、それらをこなせば、ランクはすぐに300、いや200位台になるだろう。

彼はそれを隠したいようだが、いずれ周知されるのは目に見えている。

本人は気付いていないかもしれないが、いま巷《ちまた》でまことしやかに噂《うわさ》される迷宮幻想《ダンジョンファンタズマ》の一つ、『一人歩きの小人《アローンポーター》』が、おそらく彼のことなのだ。

バッグを背負って迷宮《ダンジョン》を歩き、怪我人を魔法で癒したり、水や食料を分けたり、ときには不思議な物品や高い知識を使って人を助けたりするという、迷宮《ダンジョン》に現れる救助者の伝説だ。いつの時代も、妖精や小人にたとえられ、迷宮《ダンジョン》内をうろついているという。

実際、そうやって彼に助けられたとかいう冒険者《ダイバー》もよくいるし、間違いはないと思われる。それはスクレールを助けたこと然《しか》り、だ。

そのおかげなのか、この前などはホールで王国の第二王女付きの近衛とトラブルになった際、彼に助けてもらった中堅層の冒険者《ダイバー》たちが怒涛《どとう》の猛抗議を入れたという。

あれで一時ギルドがてんやわんやになったくらいだ。

話が王国王族の出入り禁止にまで行きそうになったときは、あの少年の影響力の強さに驚いたほどでもある。

そんなことがあっても、彼に勧誘がほぼ来ないのは、やはり先行している迷宮幻想《ダンジョンファンタズマ》のせいだろう。

一部冒険者《ダイバー》たちからは、話しかけたり、手を出したりすると消えてしまう、幻想上の生物めいた扱いを受けているのだ。その正体を知られると、いなくなってしまうおとぎ話めいたもの。冒険者《ダイバー》は基本的にそういった迷信には敏感だ。自分たちを助けてくれるというものに関しては特にそう。昔はよく神様がそれを行っていて、人間が欲を出したためにあまり姿を現さなくなったということから、特に気を付けるのが暗黙の了解となっているらしい。

だが、あながちそれは間違っていないと思う。先ほども言ったが遊びにきているというあたり、遊べなくなると、きっと彼はここからいなくなるはずだ。

例外として、彼の噂を知らなかったり、噂が出てくる前からよく関わっていたりする者たちがあるが、それはともかく。

なんだかんだ隠れファンが多い人物でもある。

主に彼に助けてもらうことの多い中堅層がその中心だ。

「……あのさマーヤ。話は変わるんだけど、烈風陣《テンペスタ》——リッキー・ルディアノって子、あなたの担当だったわよね？」

「え？　ええ、そうだけど」

「すごく優秀な魔法使いだって噂だけど、どのくらい強いの？」

マーヤに訊《たず》ねると、彼女は腕を組んで鼻息ふふん。得意げな顔を見せる。

「聞きなさい。リッキー君は緑の魔法使いで、レベルは26。魔法使いで26！　しかもメルエム魔術学園首席卒業で、この前なんと、一人で【採掘場】の『火炎男爵《フレイムバロン》』を倒したのよ！　それで付いた通り名が、その『烈風陣《テンペスタ》』なの！」

「おおー」

ネムのやる気のない声が響く。しかし、これでも彼女は驚いているのだ。

「すごいでしょー！　私が担当してるのよー！　えへん！」

「マーヤが自慢することじゃないけどー」

「あはは……ま、そうなんだけどねー。でも、すごいでしょ？　リッキーくんは」

「そうね」

確かにすごい。レベルもそうだが、単独《ソロ》で準ボスクラスである『火炎男爵《フレイムバロン》』を倒せるとは頻繁《ひんぱん》に訊くような話ではない。

魔法使いでも、そんなことをできる人間はそうそういないはずだ。

「……まー、彼と比べたらって話になるけどね」

マーヤはそう言って、気まずそうな笑みを浮かべる。

そう、比較する相手がアレだ。相手が悪いのだ。

だが、ときおりそのリッキー・ルディアノが、クドーアキラにくっついて潜っていると聞いている。クドーアキラはめんどくさいとよく言うのだが、なんだかんだ仲良くしているらしい。

二人でやいのやいの言いながら、一緒にいるところも見たことがある。

……ともあれそれが、一般的に優秀と言われる魔法使いのレベルなのだ。

「よーっす、マーヤちゃーん」

ふいに、そんな呼びかけの声が聞こえてくる。

目を向けると、そこには冒険者《ダイバー》の青年が立っていた。

短く切りそろえた金髪とタレ目、整った鼻筋。マーヤが担当する冒険者《ダイバー》、ミゲル・ハイデ・ユンカースだ。気安げに手を上げている。

この冒険者《ダイバー》ミゲル。十七歳と若年ながら、『赤眼の鷹《ホークバッカス》』というチームを主宰しているのだ。戦闘技術の高さ、的確な指揮能力もそうだが、高い迷宮攻略のノウハウを持ち、1～4まである迷宮ルートを手広く攻略している。

彼はにこにこと人好きのするような笑みを浮かべながら、近付いてきた。

「あら、ミゲルくんじゃない。どうしたの？　なにかあった？」

「いいや、今日はオフだから、ちょっと顔出そうと思ってな」

「デートのお誘い？　またレヴェリーさんに縛られるわよ？」

「ははは。本望さ」

などと言って、マーヤと会話に興じ始める。

相変わらずマメな少年だ。仲良くしている者や、お世話になっている者のところには頻繁に顔を見せ、こうやって信頼関係を築いていくのだ。ある意味、冒険者《ダイバー》らしくないとも言えるが、そのせいか女癖は悪いにもかかわらず評判の方は悪くない。

もちろん、冒険者《ダイバー》としても優秀だ。彼を含めてたった四人のチームであるのにもかかわらず、258位という超高位ランクに君臨している。上位のチームからは常に誰かしらに引き抜きがかかっているし、下位の冒険者《ダイバー》たちは彼らのチームに加えてもらおうとよくアピールしにきているのを見る。

「おーっと、そう言えば、アシュレイちゃーん」

「あら、なに？」

ふとした呼びかけに応えると、ミゲルはいままでの軽薄なナンパ顔から一転、真面目な顔を作る。

そして、その神妙な面持ちから飛び出たのは、

「――この前、頼まれた件なんだけどさ」

頼まれた件、それはクドーアキラについてのことだ。

「あ、あれね。どうだった？」

「感触は良かったぜ？　一応、加入に関しても取り付けた」

「ちょっと!?　それほんと!?　あの子頷いたの!?」

「ああ」

まさかあの頑固者が加入の件で頷くとは。

ダメもとではあったのだが、やはり友人であることが良かったのかもしれない。

「ただ、入るのはもう少し待ってくれって話だ。なんでも、やることがあるんだとよ」

「そっか。まあそこは仕方ないわね……」

だが、これでひとまずは安心だ。高ランクと探索するようになれば、高深度階層探索に

よるリスクは付くものの、それでもいまのような魔法使いがソロで動くようなリスクからは解き放たれるはずだ。安定感は更に高まるし、もっと多くのボス攻略もできるようになる。

そんな話をしていると、マーヤが聞き耳を立てて近付いてくる。

「お？　お？　なになに？　お二人でなんの話？」

「いやな。アシュレイちゃんから、とあるヤツをメンバーに誘ってあげてくれって頼まれてな」

「誰を？」

「いま話してた子よ」

「いま話してた子って、え？　クドーくんのこと!?」

「そ」

そう言うと、やはりと言うべきか、ネムの方が困惑した表情を見せる。

クドーアキラの様子から、彼のことを強者とは思っていなかったためだろう。確かにあんな見た目や態度が、強者という言葉に結びつくはずもないか。

「いや、俺もクドーのことはアシュレイちゃんに言われる前から誘ってたんだけどな。アシュレイちゃんが、俺たちがよくつるんでるの見て、声をかけてきたんだわ。勧誘に本腰入れてくれって」

「それ、だいじょうぶなのー」

「ん？　その点は心配ないさ。この前、チームメンバーとも顔合わせして、一緒に迷宮《ダンジョン》潜ったしな」

「あの子そこまでしたんだ。意外ね」

「たまたま迷宮《ダンジョン》ん中で一緒になったからさ。つーかアシュレイちゃんもひどいぜ。あいつのレベルを黙っておくなんてよ」

「驚くかなーと思って」

「なんかマーヤちゃんも知ってた感じ？」

「私もつい最近聞いたばかりよ。まさかそんな冒険者《ダイバー》がいたなんて思わなかったわ」

「ははは、だよな」

　ミゲルはそう言って笑っている。

「それにレベルがわからなかったら、素のあの子のことがわかるかなって思ったのよ」

「あいつの素？　あいつがんなもん見せるタマかよ。毎度のことの、のらりくらりさ」

「それで、どう？」

「もとから来て欲しかったからな。今回の件でその意志が強くなった。むしろ他には絶対やれねぇ。もちろん、うちのメンバーからの評判もいいぜ？」

「そこまでなんだ」

「言うさ。魔法使いで、あれだけの実力だ。しかも支援させても前に立たせてもイケるぞあれは。アシュレイちゃん、あいつが一度に使える汎用魔法の数知ってるか？　属性魔法の枠を抜いても六は使えるんだぜ？　あいつが来れば全員分の支援が賄《まかな》える。しかもそのうえで属性魔法も撃てるとかあり得ないほどさ」

「やっぱりそれだけできると欲しいもの？」

「欲しいさ。レベルだけ見たってどこだって欲しがるだろ。あいつくらいのレベルでフリーの魔法使いなんかいない」

「そうね。『天魔波旬《テンマハジュン》』くらい？」

「そうだったはずだな。ま、俺があいつを欲しい理由はそこじゃないんだけどな」

「え？　そうなの？」

「アシュレイちゃん、あいつ、いつもどうやって潜ってるか知ってるか？　目的地まで、魔法をほとんど使わないで行くんだぜ？　使っても一、二回だ」

「は？　え？　なに、どういうこと？」

「そのままさ。戦闘はほとんど避けて、『催眠目玉《スリープアイ》』を倒したくらいだ。『石人形《ゴーレム》』なんて、機会やルートを見て遭わないようにするんだぜ？　それで、『吸血蝙蝠《ブラッディバット》』をしこたま狩ってるんだ」

「……私も彼の潜行計画《ダイブプラン》の綿密さは知ってたけど」

「あれは、高ランクでもそうはいないぜ」

まさかそこまでとは。

だが、それがあのほぼ毎日潜行《ダイブ》にもかかわらず100%の生還率と、やたらと早いレベルアップの秘訣なのか。確かに低階層で魔力を温存できれば、その分、経験値《スコア》稼ぎに専念することができる。

常々『吸血蝙蝠《ブラッディバット》』を一人で狩れていることを不思議に思っていたが、そういったカラクリなのか。

すると、ネムが訊ねてくる。

「ねえねえ『吸血蝙蝠《ブラッディバット》』を一人で狩ってるって、マジな話ー？」

「うん、マジよ」

「あれを一人でなんだ。そうよね。あのレベルならそれくらいできるかもね……」

マーヤが呆《あき》れるのも無理はない。

冒険者《ダイバー》たちの記録書を見れば、『吸血蝙蝠《ブラッディバット》』と遭遇すると、すぐに数十体にたかられるという。取りつかれれば逃げることは難しく、魔法使いにだって払いのける術《すべ》はない。暗く狭い石の回廊の中で、『吸血蝙蝠《ブラッディバット》』を安全に狩る手立てはそう多くないそうだ。

もちろん、魔法使い一人にそれが不可能なのは、言わずもがな。

そして、『吸血蝙蝠《ブラッディバット》』に殺された冒険者《ダイバー》の惨状もむごたらしい。これまで、干からびてしわだらけになった遺体が運ばれてくるのを、何度となく見てきた。それは、同僚たちも同じ。だからこそ【暗闇回廊《くらやみかいろう》】まで行く冒険者《ダイバー》には、『吸血蝙蝠《ブラッディバット》』の危険性をよく言って聞かせるのだ。

ネムは信じられないというような面持ちであり、マーヤは再度評価を改めたのか、神妙な表情で唸《うな》っている。

伝え聞いた話だけでも、『吸血蝙蝠《ブラッディバット》』が何かしらの援護を付けなければ戦えない魔物だということはわかっているのだ。

「アシュレイさーん」

そんな中、迷宮《ダンジョン》入り口から聞こえてくる暢気《のんき》な声。

何故かこのタイミングで、話の焦点である当人、クドーアキラが戻って来た。

迷宮《ダンジョン》に入って行ったのはつい先ほど、一体どうしたのか。

「クドーくん、またなにかあった？」

「いえそうじゃなくて、ちょっと忘れ物をしちゃいまして。すぐ買って戻ってきまーす」

「あなたはほんとのんきね……」

「……？」

緊張感のなさに呆れていると、ミゲルがクドーアキラに挨拶をする。

「よう」

「あ、ミゲルだ。ちわー。いまから？」

「いや、今日は挨拶だけさ。こうした挨拶を欠かさないのも、いい人付き合いの秘訣だ」

「相変わらずマメだねー」

などと受付前で緩い会話を交わしている少年二人。これで本当に高レベル同士なのか。

いろいろと頭が痛くなりそうだ。

「あ、ちょうどいいや。前に頼まれてたお酒なんだけどね……」

「手に入ったのか！」

「二瓶、銀貨四枚ねー」

「うっしゃあ！　クドー！　やっぱりお前は最高だぜ！」

「うっぷ！　ちょっとやめて！　男に頬ずりされる趣味はないから！　ぎゃー！」

……………こんな緩い連中も、フリーダには珍しいのではないだろうか。

第25階層　糖衣の開発は偉大な業績

それは、ある日の午後。冒険者《ダイバーズ》ギルドの受付に行って「いまから迷宮《ダンジョン》潜りますよー」「今日は第一ルートを適当にぶらぶらしまーす」「お土産は持って帰りませんからねー」的な話をしようとしたときだ。

「――ポーション品評会？」

アシュレイさんから、そんなのが開催されるなんていう、僕には至ってまったく全然どこにも関係ないお話を切り出されたのは。

「そう、出ないといけないのよ」

「アシュレイさんがですか？　なんか大変ですねー。受付の仕事もあるのにそんなのに出なきゃいけないなんて仕事割り振られすぎでしょ？　僕だったら絶対嫌だなー。もっと楽なお仕事して稼ぎたいなー。迷宮潜行《ダンジョンダイブ》とかー」

「ううん。出なきゃいけないのは私じゃなくてね」

「じゃあ知り合いの方ですか？」

「まあ一応知り合いね」

そうなんだ。

「あ、僕突然用事を思い出したんで帰りますねー」

嫌な予感がしてきゅ、くるっ、きゅっと回れ右したら、受付から身を乗り出したアシュレイさんに捕まえられた。

「待って待って行かないで」

「待たない待たない待ちたくない。行かせてくださいさようなら」

「クドー君、冗談言ってたってお話進まないから」

「僕はそのお話進めたくないんですってば！　むしろここで停滞して企画自体凍結されろまであります！」

うん。だってこのまま話が進むと、絶対僕に出ろとかそんな話になるもんきっとというか絶対。この前ポーションマイスターにさせられて、ショップとの取引の話をして、ゴールドポーションを卸すことになって、かなりポーションの沼に足を突っ込むことになったのだ。絶対そうだ。そうに違いない。すでにフラグが乱立してるんだもん。

「……まあ、そういうことなの。クドー君がその品評会に出なきゃいけないのよ」

「うわ！　話聞かないからって直球でぶっこんで来たよこの人！」

「だってー」

「あーあー、やっぱりそういう流れなんだ。僕はっきり言ってめんどいのでパスしたいです」

「めんどい言わない。ポーションマイスターは何年かごとに成果物を発表しないとダメなの」

「知りませんってそんなの。ていうか僕マイスターになって一か月とちょいくらいなんですけど」

「不幸なことだけど、発表する日はあらかじめ決まってるから回避できないの」

「でもなんかそれおかしくないですか？　普通なったばかりの人ってそういうの、出ないというか出られないんじゃ」

「それがね、ポーションマイスターの資格を得られる試験っていうのは三年に一度しかなくて」

「ほうほう」

「それで最後に試験が行われてからもう二年経《た》ってるの」

「ふむふむ」

「つまり試験に受かってマイスターになった人は、最低でも二年はマイスターとして活動しているわけ。わかる？」

「あれ？　おかしいな。僕試験とかした覚えないけどなー」

「ええ。だってクドー君の場合はギルドマスターの権限で試験なしに無理やりマイスターにしたから」

「だから二年の猶予とか関係ないってことですか？」

「そうなるみたいね」

「そうなんだーそれじゃー仕方ないなーうんうん…………なんて話になるわけないでしよ！」

「やっぱダメ？」

「ダメですよ！　……っていうかアシュレイさん。僕、ギルドの都合でマイスターにされたんだから、そういうの免除にしてくださいよ」

「それについては私も掛け合ったんだけどね、マイスターになって最初の品評会だからどうしても出さないといけないとかでギルドマスターからもお願いされて」

「えーでもポーションの研究とか最近めっきりしてないしー」

僕のポーション開発はすでにゴールドポーションを生み出してからストップしている。

これとあとは、市販のマジックポーションがあればもうほとんどの状況を打開できるから、もういいかなーって感じで終わってしまったのだ。

……それに、だ。よくよく考えるとこのお話、全部向こうの都合ではないか。

ポーション作って卸して欲しいからマイスターになってくれとか。

マイスターになったから今度は品評会にも出てくれとか。

そんな都合僕が知るか。こんなの聞かなくちゃいけないとかちょっとというかかなりおかしい。

そっと窓口にマイスターのカードを差し出す。

「僕マイスターやめますね」

「それはやめてお願いだから！　ほんとにお願いだから！」

「だってめんどうですしおすし」

「わかるよ。わかるけどね。人生そんなものでしょ？　理不尽ばっかりなの。気ままに生活できるのなんて、相当世の中捨てないとできないわよ？」

かもしれない。社会に出れば、この比ではないくらい理不尽が待っているだろう。

だからこそ、僕はこっちの自由な生活を維持していきたいと思っているんだけどね。

「もちろん条件は付けたわ。ゴールドポーションを作っていることは漏らさない。冒険者《ダイバー》としての活動は今後も保証する。クドーくんが望むのなら条件はまだ増やせるわよ」

「おお！　なんか今回のアシュレイさんは神対応してくれてる」

「この前、ゴールドポーションの件、呑《の》んでくれたからね。それくらいは苦労してあげるわよ」

「アシュレイさんさすがっす。僕、一生ついていきます」

「なら棒読みやめてよ」

仕方ない。マジで感情込めたら、なに買わされるか知れたもんじゃないもの。

「じゃ、受けてくれる？」

「うーん。じゃあギルドマスターに貸し一つって条件追加してくれたらいいですよ」

「……クドー君、ギルドマスター相手でしかも会ったこともない人に貸し付けるとかよく言えるわね」

「それは向こうも同じですよ。それに、主導権は握らせませんってことを意思表明しておかないと、今後またなあなあでズルズルお仕事引き受けなきゃならなくなるかもしれませんし。もしそうなったら――」

そうなったらどうしようか。先輩とか師匠とか頼ろうかな。なにかあったら遠慮なく頼れって言ってもらってるし。穏便さ死滅してる選択肢かもだけど。

……なんだけど、ふとアシュレイさんの顔付きが急に変わった。

「――わかった。わかったわ。そのお話はきっちり通しておくから、来ないなんて言わないで」

「……？　は、はあ？」

アシュレイさんは何か勘違いしているみたいだ。まあ確かに来たくなくなるのもあるかもだけど、だからって僕みたいな木っ端冒険者《ダイバー》一人来なくなったってギルドも困るわけじゃないだろうに。僕だって拗《す》ねてここに来なくなったらなったで損ばっかりだし。

「でもどうしましょう？　僕ポーションの研究なんて特にやってるわけでもないし。どんなの出せとかって聞いてます？」

「うーん、そういった話はされてないわね……」

何その適当なの。おかしくない？

「適当に顔出して、適当なもの出せばいいんじゃない？」

「それでいいんですか？」

「いいと思うわよ？　いずれにせよクドー君の特級マイスターの称号は揺るがないもの」

確かに、マイスターにはなってくれと請われてなったものなのだ。

実はお話はすでに通っていて、適当なものでも許される可能性というのも大いにある。

…………うん、そんなことあるわけないよね。ないわー。絶対ないわー。

「じゃ、なんか適当に持ってきてどうにか切り抜けて。というわけでよろしく！」

「気が乗りませんけど、はーい」


――と、異世界でそんなことがありまして、現代日本にとんぼ返り。

「……ということで、なにを作ろうかってなるわけなんだけどさ」

現代日本の自分の部屋で、机に向かって独り言である。

ポーションとなれば、自分にしか作れない特別なポーションも、その気になればいろいろと作れると思う。だけど、品評会での成果の提出ってなっちゃうと、僕にしか作れないものとか、ド・メルタで作れないものとかはそぐわないと思われるんだよね。

品評会で発表する。

特別なポーションがみんなに周知される。

僕のところにギルドを通して注文が入る。

いっぱい入る。

滅茶苦茶入る。

僕ちょう困る。

僕ポーション作製をメインにしてるわけじゃないから、注文が殺到するのはマズい。

「じゃあやっぱり既存のポーションをちょいちょい改良するくらいのがいいのかな……」

腕を組んでお悩み中。ふと、ポーション作りに手を出した頃のことを思い出す。

「そう言えば前に、いろいろ作ったっけ」

パンっと手を叩《たた》いて、虚空《こくう》ディメンジョンバッグを行使。ポーションの在庫をいくつか取り出した。

中からは、常備用のマジックポーション、ヒールポーション、ゴールドポーション。

そして、

「あーそう言えばこんなの作ったなぁ。はちみつ味のポーション。回復薬とはちみつで回復薬グレートだーとか言って。結局はちみつの味になって疲労回復効果がちょっとついただけになったんだっけ」

そう、冗談で作ってみたんだけど、やっぱり冗談にもならなかったってヤツ。結局はこうして残念な結果となったポーションだ。

まあ飲みやすくなったということに関しては大成功だったわけだけどもさ。

アシュレイさんも適当なものでいいと言ったのだ。まー、これくらいのものでいいだろう。あんまり頑張りまくって、すごいもの作っちゃったらまたゴールドポーションのときみたいにめんどうくさいことになるだろうし。定期的にポーションショップに卸してくれーとかね。

「よし決めた！　品評会ははちみつ味のポーションで行こう！」

という感じで、ポーション品評会には僕謹製のはちみつポーションを出すことになった。

そんなこんなで、ポーション品評会の当日。

自宅で諸々《もろもろ》準備をして、まずは現代日本と異世界ド・メルタの中継地点である神様のところへ転移する。

……異世界に存在しないものを持って行くときとか、存在しないものを作ったときとかは、必ず神様に確認を取るようにしている。ヤバいもの異世界に持ち込むことになったら困るだろうしね。

神様を関税職員みたいに扱っているとか超不遜かもしれないけど、これも必要なことだ。転移した場所はいつもの場所。真っ白で何もない空間だった。

神様はそのど真ん中で、休日のお父さんさながらにだらだらごろごろしていた。何もない場所で何もしてないとかすごい虚無さを感じるけど、それはともかく。

「神様。こんにちは。あとこれお土産ですー」

「あ、いらっしゃい晶《あきら》くん。いつも悪いねー。あ！　僕の好きなお菓子だねこれ。どうもありがとう」

「いえいえ」

いつも楽しく遊びに行かせてもらっているお礼がお菓子とか安すぎて逆に申し訳ないレベルなんだけど、それでも喜んでくれる神様はいい人すぎる。

「あと晶くん。このあいだ頼まれたポーションの件。いいってー。オッケーオッケー」

金髪シブメンの神様。アメイシスさんが軽妙な笑顔と軽い調子で、ＯＫサインを見せて来る。フランクだなぁと心の隅っこで思いつつ、お礼を口にした。

「ありがとうございます！」

「ううん。いいのいいの」

と言って、にこにこ顔。緩い感じだ。でもありがたい限りである。やっぱり雰囲気は近所のおじさんなんだけども。

ともあれこれで、はちみつポーションは認可されたわけだ。

一方で神様は「じゃ、さっそく」と言ってお菓子を開けて食べ始める。さすが神様。フリーダム。

そんな中、ふとどこからともなく見慣れぬ方がいらっしゃった。

ライオン丸先輩に負けず劣らずの筋骨隆々っぷりのお兄さん。頭をソフモヒにしていて、ワイハの帰りさながら、日焼けした肌にアロハシャツを着用している。

そんなアロハなお兄さんは、僕のところに歩み寄って来るなり声をかけてきた。

「お前さんがクドーか。悪いな。俺の尻拭いさせちまって」

はて、尻拭いとはなんだろうか。ていうかそもそもこの人って一体全体誰なんだろうかとか、いろいろと疑問でいっぱいになる。

戸惑いつつも、まずは神様に縋《すが》っておこうと考えた。

「あの、神様？　こちらのちょっとアロハで怖い感じのお兄さんはどちらの事務所のお方でしょう？」

「ああ、クドーくん会うのは初めてだね。彼、僕の息子だよ」

「ってことは」

「トーパーズだ」

おおう。初めてアメイシスさんとは違う神様に会った。

しかも、一番上の息子さんであるトーパーズさんだ。

しかし何故《なぜ》服装がアロハなのか。事務所にいそうな感じなのか。そこんとこ小一時間問い詰めたいというかお伺いしたい。

あとお父さんであるアメイシスさんからの遺伝的なものはどこに出ているのかってところもだ。いや、神様も若い頃はイケメンっぽかった感じだから、遺伝はしてるんだろうと思うけどもさ。

手を差し出してきたトーパーズさんと握手する。手が超デカイ。つよそう。

「よろしくな」

「はい。九藤《くどう》晶です。よろしくお願いします」

すると、神様がお菓子を両手にダブルで持ってパクパク食べながら言う。

「今回のはちみつポーションの件、オーケー出したのは彼だから」

「そう言えばポーションの原料を生み出したのがトーパーズさんって話でしたね」

「そうそう。あとゴールドポーションのときもオッケー出したの彼ね」

なるなる。いつもありがとうございますって感じでトーパーズさんを拝んでおく。

一方トーパーズさんは偉ぶる様子もなく、快活に言う。

「構わんぜ。というか是非頼む」

「是非、とは？」

「まあ、そのうちわかるさ」

トーパーズさんはそう言って笑うばかり。

「おっと、そうそう。あと一つ、俺から頼まれてくれないか？」

「頼まれごと、ですか？」

「ああ、そのはちみつ味のレシピが使える奴《やつ》らを、小規模の工房に限定して欲しいんだ」

「小規模の工房」

「そうだ」

小規模の工房限定とはなんなのか。

なんかよくわからないけど、よくわからないまま終わった。質問しても、行けばわかるさ的な猪木《いのき》的な一休さん的な清沢哲夫《きよざわてつお》的な迷わず行けよで質問タイムは終了。

ともあれ、品評会用に適当に選んだポーションの技術伝達は、神様たちからお墨付きを得られたわけだ。


――ヤバい。なんていうか、ヤバい。

いま僕は未曽有《みぞう》の危機に瀕《ひん》している。

神様たちのいるところからフリーダに転移したあと、アシュレイさんに会場を聞いてそこに来たわけなんだけど、品評会の会場に指定された場所が、ものすごく大きなところだった。

あれだ。コロッセウムとかそんなやつ。

そう言えばフリーダにこんな施設あったなーとか思い出しつつも、いまは戦々恐々としている僕。

いや、びくびくおどおどはいつものことだけどさ。だってこんな大掛かりな発表会だとはまったく思わなかったんだもの。そりゃあ驚き桃の木二十世紀にもなる。場違い感が半端なさすぎて心がオートで怖れをなしてる。これはあれだ。ジャージでいいって言われたのに他のみんなは制服で来てたとか、気軽なパーティーとか言われて実はジャケット着用必須のヤツとか、そんな不安を駆り立てるあれだ。場違いなんじゃない僕的な。この場合は、持って来たポーションが、品評会の規模に見合わないとかそんなん。

一体誰だ適当でいいって言ったのは。アシュレイさんだ。うらんでやる。

周りを歩く人も、いい服着ている人たちだとか、人生懸けてるような人たちだとかしかいない。

耳をすませば「このポーションが認められれば……」とか「黄兄神《おうけいしん》よ！　私に加護を！」とか聞こえて来る。なんか崖っぷちさ感じるよ。

……うん、どうしよう。でも、このまま会場入り口の前にずっといてもどうしようもない。でも入りにくいし、正直入りたくない。実は会場は隣にあるちっちゃなレンタルスペースだったりとかしないかな。だったらいいなぁ。

と、そんな風に、僕が入るのに二の足を踏みつつ、現実から逃げ出そうとしていると、地味そうな女の子が歩いてきた。

黒髪でメガネの女の子。顔はやっぱりこっちの人たちのように西洋風な顔立ちだ。だけど、なんかすごく話しかけやすそう。地味とか言ったけどこの地味は罵倒の言葉じゃない。地味ありがとう。地味万歳。ほんとありがとう地味。

ともあれその人に近付いて、恐る恐る訊《たず》ねてみた。

「あ、ああああああの、ポーションの品評会の会場って、ここで良かったんですかね？」

「ええ、ここですよ？」

「あ、ああ、ありがとうございます……」

「……？　はい」

やっぱりそうなのか。別の場所だったらいいなっていう僕の淡い希望は打ち砕かれた。どうしよう。ほんとどうしよう。

僕が現実の容赦なさに絶望していると、ふいにその女の子が話しかけて来る。

「あの、もしかして、あなたは以前助けていただいた……」

「うん？　えっと……」

助けた……とはどういうことだろ。こんな子を迷宮《ダンジョン》で辻回復した覚えはないし、そもそも彼女は冒険者《ダイバー》らしくない。

だけど、よくよく思い直すとこの子の顔には見覚えがある。

確か――

「前に裏通りに入って絡まれてたのって？」

「……はい！　その節はありがとうございました！　おかげで裏通りを無事に出られて、そのあともいろいろ上手《うま》くいって……」

黒髪メガネの子は僕に感謝の言葉を口にして、その後も上手くいったということを報告してくれる。

……そうか。この子、あのときの女の子だったか。あのときは表通りがやたら込み合ってて、裏通りに入ったんだけど、そこで良からぬ人相のお兄さん二人に、二次元的な夢《ドリーム》文庫に出て来るような展開に遭わせられそうになっていたのがこの子だ。

僕がそのお兄さん方をおっかなびっくり脅しかけて追っ払って助けたんだけど、こうしてまた会うことになるとは、人生わからないものである。

ともあれ、

「それは良かった。魔法かけた甲斐《かい》があったよ」

「本当にありがとうございます！　ありがとうございました！」

女の子は、感極まったように叫び、大きく頭を下げる。

こうして全力で感謝されるっていうのはちょっと面映《おもは》ゆい。

そのあとも、ポーションを卸せるようになったとか、僕にあんまり関係ないことへのお礼もしてくれる。まあ本人が嬉《うれ》しそうならいいや。

「あ、自己紹介がまだでしたね。私、メルメル・ラメルと言います」

「ああ！　あの！」

黒髪メガネっ子、まさかまさかポーション作りでお世話になっている人だった。訂正。関係あったわ。

「知ってるんですか？」

「うん。まあね。僕も一応マイスターだから」

「そうだったんですか」

「僕は九藤晶。クドーが姓でアキラが名前ね」

「クドーさんですね。改めてありがとうございます」

ラメルさん、ちょう礼儀正しい。僕のド・メルタでの知り合いはアクの強い人ばっかりだから、奥ゆかしい人ってなんか新鮮だ。

「では、クドーさんも品評会にお出になるんですか？」

「うん、まあね。だけど僕、こういうの出るのって初めてで。ラメルさんはあるの？」

「はい。私は前の品評会も出させていただきました」

「じゃあラメルさんは先輩だ」

「いえ、そんな……」

先輩って言ったから、ラメルさんは照れている。

でも、良かった。気軽に話せる経験者の人がいて。僕の心もだいぶ落ち着きを取り戻した。

だって小心者にはこういうのに初めて一人で参加とかつらすぎるもの。場違いだったらどうしようとかの不安に押しつぶされてぺちゃんこになる。特に胃とか胃とか胃とか。胃は普段はぺちゃんこだぞとかいうツッコミは受け付けないのであしからず。

ラメルさんと「一人で不安だった」とか「誰か一緒で良かった」なんて小市民的な話をしていると、ふいに背後からお声がかけられる。

「――これはこれは貧乏工房のマイスターさんではないですか」

それはまあ露骨に嫌みったらしい声だったよ。一瞬で嫌なヤツの嫌みってわかるくらい。だってフレンドリーさが欠片《かけら》もなかったもの。

僕より一足先に振り向いたラメルさんは、どうやら知っている人だったらしく、険しい表情を見せた。

「あなたは……」

と、いかにも『私この人知ってます』的な反応だ。だけど良い知り合いではないんだろうね。顔には警戒の色が滲《にじ》んでいて、一方の声をかけてきた男の方も嫌な笑みを浮かべていた。

「お久しぶりですね。あなたとはギルド上階のポーションショップ以来でしたか？」

「……そうですね。その節はどうも」

「ええどうも。あのあとは私の方も大変でしたよ。まとめようとした交渉がご破算になったうえ、取引量も減ってしまったんですからね。ええ、お世話になりましたとも」

嫌みったらしい顔の男の人は、ラメルさんと何かあったのだろう。先制ジャブさながら、嫌みったらしい顔によく似合う嫌みを言い放って、ラメルさんを威圧する。

あれだね。性格は見た目に出るってよく言うけど、この人のはその最たるものなんじゃないだろうか。嫌みったらしい行動をしているうちに、顔の形も変わってしまったのかもしれないね。そりゃ普段からそんな表情作っていれば、そんな表情も定着しちゃうよ。

しかも、この嫌みったらしい顔の人、後ろにぞろぞろとゴロツキがいを引き連れている。ということはなんだろうか、この人、異世界版そういう事務所の人なのだろうか。今日はなんかそういう感じの人に縁がある。トーパーズさんをこんなのと一緒にして大変申し訳ないけども。

するとと、ラメルさんが反撃しようというのか、口を開く。

「……自分の工房のマイスターの応援に来たにしては、ずいぶんと変わった集まりですね」

「ええ。こちらの者たちはうちの工房に関わる『あらごと』の対処に当たってくれる者たちなのですよ」

あー、なるなる。やっぱり黒寄りのグレー的なお仕事にも手や精を出す方々なんだろう。
○○対策部的な名前で実はヤの付く自由業の人たちと同じようなことをする方々だ。
「そんな人たちを連れて、一体何を？」

「いえ、これから顔見知りの工房の方々にお願いして回るので、もし問題が起こったときに対処できるよう付いてきてもらっているだけですよ」

「お願い……」

「そう、ウチの工房の邪魔になりそうなポーションの出展を辞退してもらうなどですよ」

そう言って「くっくっく……」とそれっぽい忍び笑いを漏らす嫌みったらしい顔の人。

正直それはだいぶ下衆《ゲス》い。ライバル工房の研究成果を出させないことで、ポーションギルドの評価を落とさせて自滅を狙おうというわけだ。

「――ああ、そういえば、あなたもあのときは随分と舐《な》めた真似をしてくれましたね」

「――っ！」

嫌みったらしい顔の人の言葉に合わせ、ゴロツキまがい共が前に出て来る。

これってもしかして、

「え？　なにこれ？　ちょっとそういう流れ？　え？　バトル的なエンカウントだったの？」

「そうですよ。バトルと言うよりはあなた方が私たちに一方的に嬲《なぶ》られるんですがね」

「ッ、ここは会場の前ですよ？　正気ですか？」

「ええ。正気ですとも」

まあ、そのためにここに来たのだから、正気というか業務の範囲なんだろう。

話の流れから察するに、この人たちはどっかのポーション工房の荒事専門の人で間違いなさそうだ。それで今回は、商売敵《がたき》である他のポーション工房の人の邪魔を目一杯しようと企てたというわけだ。

万が一衛兵に捕まったとしても、自分のポーション工房とは関係ないって言って知らぬ存ぜぬを通せば、切り抜けられるだろうし、それにここまで大手を振ってこんなことをしようとしているということは、バックに結構な権力者が付いているのかもしれない。

「……というかなんでどうしてこうなった」

今日は一言多かったとか自分の舌禍《ぜっか》でもないのに、こんな目に遭わせられるのは理不尽を通り越している。しかも品評会のことだって理不尽の結果なのだから倍率はだいぶ高めだ。

まあ嫌だからって言っても今回の状況は逃げられないし。さすがにそこまでひとでなしじゃないよ僕も。やるべきときはやりますとも。

すると、ラメルさんが後退《あとずさ》りながらとても申し訳なさそうにする。

「すみません、私のせいで巻き込んでしまって……」

「いや、ラメルさんのせいじゃないよ」

「でも」

「こういうのは、こういうことしようとしている人が悪いの。オーケー？」

「は、はい」

ラメルさんに気にしないでと声をかけて、背後に庇《かば》う。こういうのはホント嫌なんだけども僕が庇うほかない。誰か助けてへるぷみー的なシャウトをしようかとも思ったけど、みんな遠巻きで見てるだけだ。迷宮《ダンジョン》の中だったら助けてくれるいい人とか結構いるけど、やっぱり街の方は荒事慣れてない人の方が多いらしい。というか会場には警備の人とかいないんじゃろか。そこんとこどうなってんのかホント。

そんなことを考えていると、ゴロツキまがいの人たちが厳《いか》つい雰囲気を醸《かも》し出しながら近付いてくる。

「ひょえ！」

 つい、そんな声を出してしまう。

だって怖いんだもん仕方ない。

顔は怖いし、やたら睨《にら》んで来るし。

よし。ここは僕も頑張って威勢良く言ってやる。

「け、けけ、ケンカするんですか？　い、嫌ですよ僕。いいい、痛いの嫌ですし……」

うん。頑張ったけど、威勢良くはならなかった。むしろ雑魚臭しかしない言い草だ。僕ってなんでこんなビビりなんだろうか。レベル34あるのにいつまで経ってもダメダメなのほんと悲しい。

するとゴロツキまがいたちは僕を見てわかりやすい嘲笑《ちょうしょう》を浮かべた。

「おいおい兄ちゃん、彼女の前でカッコイイとこ見せようってか？」

「俺、僕ちゃんのかっこいいとこ見てみたい～、なんてな！　ぎゃはは！」

……うん、いまだかつてこんな風に絡まれたことなんてないから初めてだけど、こういうの結構腹立つなぁ。

すると、嫌みったらしい顔をした人が口を開いて、

「二度とあのときのような態度を取れないよう、きちんとしつけてあげましょう。おい、やれ」

そんなことを言い出した。

こうなったら、やるしかないよね……。

嫌みったらしい顔の人に、ごろつきまがいの用心棒を召喚されて、なんか龍が○く的な展開になった。

嫌みったらしい顔の人は、下品さ丸出しでにやにやしている。やっぱりこの人、見た目通り性格悪い人っぽい。

僕の方も、極力相手をぶちのめすとかしたくないから、魔法使いであるってことを示して、びっくりどっきりさせて引き下がらせるのがいつものやり方常套《じょうとう》手段なんだけども、残念なことに今日はそれができなかった。

帽子を目深《まぶか》にかぶり直して、すっと手元に魔杖《マジックロッド》を滑らせ、臨戦態勢。ちょっと陰気な感じの雰囲気をふわふわっと醸し出したんだけど、なんでかゴロツキまがいは驚きもしないむしろどんどん近付いてくるといった具合。

普通の人なら、魔杖《マジックロッド》を出した時点で、『今日はこのくらいにしといてやる！』とか『お、俺が悪かった！　命ばかりは！』とかいうセリフを推進力にして、ロケット噴射で逃げていくんだけども、この様子だと全然脅威にも見做《みな》されてないみたい。

チンピラよろしく、肩で風切り、前かがみになって睨み付けたり、顎を上げて睨み付けたりと、よくあるバラエティに貧《ひん》した仕草しかしない。

たぶん彼らが余裕でいられるのは、ポーションマイスターを相手にしていると考えているからだと思う。

……このポーションマイスターっていう職業は、魔法使いから派生するのが一般的なものらしい。戦闘職系の魔法使い、補助職系の魔法使い、医療専門の魔法使いの内のどの適性も持っていない人が、ポーションマイスターの道を目指すのだそうだ。

だから、一応ポーションマイスターも魔法使いの括《くく》りで、みんな魔杖《マジックロッド》を持っている。でも普通の魔法使いよりも強くないから……このゴロツキまがいたちは余裕のよっちゃんでいられるのだろう。

きっと僕のことも、ビビりの弱いポーションマイスターだと考えているのだろうと思われる。

……まあビビりってとこは合ってるんだけどもさ。ぐすん。

あとは……集団でいるから気が大きくなっていることもあるんだろうね。仲間がいると気が大きくなるからね。仕方ないね。

ともあれこのゴロツキまがいたち、レベルは全然高くないというかむしろ低い。言っちゃあ悪いけど底辺だ。そうね、6～7あればすごいって僕も褒め称《たた》えてあげるレベル。まあ、要は他人の実力なんて見れない程度のヤツらってことだ。冒険者《ダイバー》になったらすぐ遭難するタイプだ。行き先は迷宮《ダンジョン》の階層じゃなくてモンスターのお腹《なか》の中というアレである。

でもまあ、

「人間相手とか嫌なんだけどなぁ……」

それは僕の率直な思いだ。だって雷撃つとか普通に死ぬし。いや彼らのレベルが高かったらその限りじゃないけどもさ。レベル低いし、確実に死んじゃうよこれ。

……うん、よし。ここはアレだ。アレで行こう。

この前スクレールに教えてもらったアレだ。異世界不思議武術の一つ、勁術《ジンシュ》である。この前から彼女に付き添われ、そこそこ練習していて、そこそこ使えるようになったのだ。これに関してはまだまだまだまだ未熟者だから、きっと食らっても大丈夫だろう。

というわけで、スクレールに教えてもらった構えをとる。

僕がそれっぽい雰囲気を醸し出すと、ゴロツキまがいは即座に顔色を変える……わけがなかった。むしろ笑い出す始末。

「おいなんだよあの構え！　おいちょっと見てみろよ！」

「このガキなんかの格闘術でもやってるんじゃねぇか？　へっぴり腰拳法とかよ」

「ぎゃはは！　やめろって！　腹痛くて死んじまうだろうが！」

「………………」

僕の渾身《こんしん》の構えは、どうやら全然ダメだったらしい。きっとビビりの性格のせいで、構えに及び腰がにじみ出ているのだ。スクレールにダンゴムシ以下と評されたのは伊達《だて》じゃない。たとえ彼らの腹筋にダメージを与えられたのだとしても、僕の精神に多大なダメージが返ってきたのでむしろマイ。かなしみ。

僕が悲嘆に暮れている一方で、ゴロツキまがいどもはまだ笑っている。

いいし、全然いいし。効果はちゃんと発揮させることができるんだからな。見てろよ。こうなったらマジでやってやる。浮き足先だったっけ。ぴょんぴょんするあれをやるぞ。

「おい！　今度は跳ねて踊り出したぞ！」

「これ以上俺を笑わせるな！　俺の腹筋を殺すつもりかお前！」

「くっそ、こいつ精神的に攻撃してきやがる！　なんてヤツだ……もうダメだ、ぶふぁ!!」

……もういい。いろいろ込み込みで合わせて知るがいい。悲しくなんかないもん。ほんとだぞ。ちょっと目尻や目頭が熱くなっただけだし。目の前がウルウルしてきただけだし。まだ流れてないかんな。

よし、じゃあターゲットは一番近くにいるヤツだ。ゴロツキまがいその1とかそんなん。名前なんて知るか。僕を笑いものにした罪で七つの孔《あな》から血を噴き出して死んでしまえ。

油断しきっているゴロツキまがいその1に向かって、レベル34の踏み込み。

足を前に出して地面を踏みつけて、背中を伸ばしたまま相手にぶつかって行くように、手のひらを相手の腹部に接触させる。

そしてそれと同時に、レベルアップで獲得した『僕の筋力に見合わない分の力』、耳長族で言う勁気《ジンチィ》を手のひらから体外へ向けて解き放った。

耳長族の勁術《ジンシュ》の一つ、流露波《リウルウハ》。

ずどん、と国民的漫画『龍玉』に出る効果音を思わせる地響きめいた衝撃が辺りに伝わり、周囲に置かれていた木箱や樽《たる》がぴょんっ、とした。

ぴょんっと。

「およ？」

なんかやたらと震動したような、意外な手ごたえだ。いや、もちろん十分な打撃を与えた手ごたえはあったよ。

……うん、十分というかそれ以上な感じ。なんか思ってた以上ってヤツだ。

で、流露波《リウルウハ》を食らったゴロツキまがいその1はと言えば、インパクトから一瞬遅れで、ふらりと後ろ向きに倒れ込んだ。

そして、ピクリとも動かない。

他方、他のゴロツキまがいたちはまだ笑っていて――

「おいおい、合わせてやるなんて優しいなお前」

「ほんとほんと！」

……………どうやら他のヤツらは冗談に付き合っていると思ったらしい。そりゃあへっぴり腰からまともな攻撃が飛び出て来るなんて思いもしなかったのだろうね。

でも、いつまで経っても起き上がってこないことに、だんだんとおかしさを感じ始めてきて、ゴロツキまがいその1を揺すり始める。

「おい、もういいぜ。起きろよ」

「冗談に付き合うのは十分だ。起きろって」

当然だけど、ゴロツキまがいその1は全然起きない。というかピクリとも動かない。

その様子に、僕もちょっと焦ってくる。

「あ、ちょ、ヤバい感じです?」

死んでくれとは思ったけど、ほんとに死んで欲しかったわけじゃない的なアレである。

だけど良かった。よく見るとちゃんと胸が上下に動いていて、息してる。セーフ。

「あ、良かった。生きてる生きてる。ふう……」

殺《ヤ》っちゃったかと思ってちょっと焦ったけど、良かった生きてるよ。

「う、嘘《うそ》だろ!?」

「てめぇ！　何しやがった!?」

ゴロツキまがいたちは、一人倒されたことでいまさら慌てだした。

なのに、だ。

「あんな変な踊りでどうやって……」

「くそ、まだあの笑える動きしてやがるぞ……バカにしやがって」

「もうやめて、言わないで……」

あんまり貶《けな》されると僕の精神がマッハで参ってしまうのでほんと勘弁して欲しい。

……うん、勁術《ジンシュ》は動きが真っ当になるまで封印しよう。そうしよう。

涙ながらに勁術《ジンシュ》の構えを解くと、彼らはそれを隙だと思ったのか、

「てめぇえええええ!!」

「クドーさん！　危ない！」

バシぃいいいいッ！

ゴロツキまがいその2が殴りかかってきて、僕の顔にパンチが入る。

「く、クドーさん!?」

「ははははは！　バカめ！　油断するからこうなるんだよ！」

「オラオラ、仇《かたき》だ！」

「お前も一緒に死にやがれ！」

僕に向かって、キックやパンチだけでなく、死ねとか殺すとかそんな物騒な言葉までが雨あられのように降り注ぐ。

っていうかゴロツキまがいその1さん、死んでないのにひどい言われようである。

とまあ、取り囲まれてひとしきり殴られたり蹴られたりしたわけだけど。

うん？　僕？　僕は帽子が飛ばされないように目深にかぶって縮こまってるだけよ？

やがて、彼らも異変に気付いたのだろうね。

僕から距離を取り始める。

「く、クドーさん……？」

ラメルさんも、ゴロツキまがいと同じように困惑気味。同じく嫌みったらしい顔の人も、何が何だかわからないって顔してる。

そんな彼らに、僕は非常に心苦しいことだけど、非情な宣告をしなければならない。

うん、とても悲しいことなんだけどもね。

「……あの、ほんと申し訳ないですけど、僕そういうの効かないんで」

「な、なんだとぉおおおお!?」

「確かに当たったはずだぞ!?」

うん。確かに彼らの攻撃は当たったし決まった。決まったよ。決まったけどもさ、この世界はほんと残念なことにレベル制なんだ。モンスとか人間とか倒しまくったりするとレベルが上がるし、レベルが上がって強くなるのは、なにも魔力や腕力だけじゃあない。頭脳的なものも強化されるし、体力も上がる。精神的にも強くなる……いや、精神はダメかもだけど。

もちろんこうして、耐久力だってきちっと上がるのだ。

そりゃあ魔法使いだから、戦士的な適性のある人には敵《かな》わないけども、レベルが10も20も低い人に負けるかって話。耐久力が上がれば、人体だって危険信号出さないから痛くないのだ。

僕だって殴られるのは嫌だけど、それは痛いからであって、痛くなかったら殴られてもへっちゃらだ。いや気分的に嫌ってことはあるんだけどもね。

……じゃあなんでビビるのとか訊《き》くな。その辺りは僕の遺伝子とか脳の奥底のなんかに訊け。誰だって怖い顔の人に凄《すご》まれたら嫌とか怖いとかそんな気分になるじゃんそれだろ。

「う、嘘だろ？　なんだこいつ……」

「ただのマイスターのガキじゃねぇのか……？」

「あー、僕マイスターだけど、本職は学生じゃなくて冒険者《ダイバー》なんです。えへ」

にっこりと笑いかけると、ゴロツキまがいたちは一瞬で蒼《あお》ざめた。

そりゃあゴロツキごときが、日々迷宮《ダンジョン》で命懸けの戦いを繰り広げる冒険者《ダイバー》にケンカを売るなんて、それこそ命知らずである。たとえその相手が荷運び役《ポーター》だとしてもだ。

冒険者《ダイバー》は総じて、普通の人よりもレベルが高い傾向にある。まあ衛兵とか兵士とかガチの戦闘を職業にしている人なら話は別だけども、大抵の人は迷宮《ダンジョン》潜ってモンス倒してれば、ぴょんぴょんぴょんと何段飛ばしで強くなってしまうのだ。

それを地上でイキってるだけの連中が相手にできるはずもない。

だから、こうして蒼ざめちゃうのも当たり前なのだ。知らなかったって怖いよねほんと。

状況は一転して、僕じゃなくて彼らの方がビビる側になったわけだけど、でも彼らはすぐに引き下がらない。僕の見た目が判断を迷わせているのかもしれないね。

この時点で逃げ出せば良かったんだけど、状況判断が甘すぎる。

僕なら相手にダメージ与えられないってわかったらすぐ逃げるのにさ。

でも、今回はこの人たち、ぶちのめさなければいけないだろうね。

だってこの人たちは、他のポーションマイスターたちに圧力を掛けにきたのだ。

衛兵さんとか来ない以上は、誰かがぶちのめして止めるなり、動けなくしなければならない。そうじゃないと被害者が出るもの。

……うん、こいつらはモンスター。モンスター。ガワが人間に見えるモンスターだ。

心の中で自己暗示めいた言葉を呟《つぶや》いていると、やがて頭の中のスイッチがカチリと切り替わる。

平時モードから、迷宮モードへ。

――こいつらはそのまま帰せない。ある程度痛手を負わせて、行動不能にする必要がある。そのためにはまず何が必要か。僕の思いきりの良さと、十八番である魔法である。

加速は必要ない。身体強化も必要ない。レベル5以下の人間など、やろうと思えばこのままの状態でも難なく転がせるのだから。

戸惑っているゴロツキまがいに狙いを定め、まずは駆け寄り、懐に侵入。がら空きの腹部に拳を打ち込む。思い切り殴りつけると、ゴロツキまがいは吐しゃ物を吐いて『くの字』に折れ曲がった。

胃の中から溢《あふ》れた汚い物まみれになるわけにはいかないと、身を低くしつつ回避する。

するとなにを血迷ったのか、ゴロツキまがいその3がこちらに向かってきた。拳打も蹴撃も効かないことは先ほど証明されたはずなのに、ステゴロで立ち向かってくるとはその蛮勇に恐れ入る。おそらくは正常な判断ができなくなったのだろう。

言葉にならない声を喚《わめ》き散らしながら、下から蹴り上げるような蹴り足を出すゴロツキまがいその3。それを上手く手で取って、踵《かかと》をさらに上に持ち上げると、バランスを失ったゴロツキまがいその3は後ろ向きに頭から倒れ込んだ。

勢い付いたまま頭から行ったそんな相手の容態も一顧だにせずに、今度はすぐに魔法行使に取り掛かる。

後ろに気配があるのはすでに感じ取っている。

だから、行使のタイミングは振り向きざまだ。

まだ間合いもそれなりに開いているけど、その間合いを詰めるのが魔法である。

「――魔術階梯第二位格《スペルオブセカンド》、突き刺す雷鳴の払い手よ《アメイシススラッシュ》」

唱えると、右腕が紫の閃光《せんこう》をまとう。同時に相手に向かって横薙《よこな》ぎに振り抜くと、紫の閃光が枝分かれして紫電となり、ゴロツキがいその4を突き刺した。

雷撃に撃たれれば手加減を最大限に込めても、それなりのダメージは免れない。

一度大きく震えて、膝からおかしな倒れ方をした。

やはり、戦うなら魔法の方が具合がいい。

――とまあそんなこんなで、さくさくさくっと三人を倒したわけだけども。

「ひっ、武器だ！　武器を使えぇぇぇぇぇ！」

残りの連中が、そんな悲鳴を上げる。

「でもそういうのさ、僕が想定してないと思う？」

ゴロツキまがいの残りは、僕を取り囲んだ状態で武器を取り出す。

さすがにそれを黙って受けるのはよろしくない。

というわけで今度こそ、以前師匠に教わった『フォースエソテリカ』の出番だ。

体内に溜《た》めた魔力を放出して、相手をびっくりさせつつ、動きを阻害する魔法の技術だ。

前回ランキング表の前ではスクレールが黙らせたから日の目を見ることはなかったけども、今回僕の威力の初お披露目。

魔力を体内で圧縮して一気に体外へぶっ飛ばすと、みんなものすごい勢いでぶっ飛んでいった。爆発に巻き込まれてぶっ飛んだとかそんな勢いだ。悲鳴もぶっ飛ばされて聞こえない。

「はえー」

これはすごい。これは使える。というかほんと雑魚相手なら逃げるために使う必要なんてない。これで一網打尽だ。さすが師匠。

一方で、嫌みったらしい顔の人は、しばらくぽかんと口を開けたまま。

だけど、さすがにみんな倒れちゃったことで状況を呑み込めたようだ。

捨て台詞《ゼリフ》を吐いて、逃げようとする。

「お、覚えていろ！」

「え？　覚えてていいの？　きちんと顔覚えちゃうよ？　次街で見かけたら魔法撃つよ？　容赦しないよ？　ほんとにいいの？」

「ひぃっ！　やっぱり忘れろ！」

嫌みったらしい顔の人は、僕が時折口に出すような情けない悲鳴を上げてやっぱ逃げようとする。

でも、この人そのままにしたらマズいよね。きちんとやることはやらないと。

レベル34の力を使って、逃げる方向に先回りする。

「あのさ。僕はまだお話したいんだけどな」

「ひぃぃぃぃぃぃぃっ!?」

「ラメルさんもそうだけど、もう他のマイスターたちに手を出さないこと。いい?」

「わか、わかった!　わかったから!」

「ほんと?　もし約束破ったら……」

どうしようか。なんか脅しはかけとかないとダメなんだよねこういうの。

人は忘れる生き物だ。

時間が経つと、そのとき抱いた感情は強くても、徐々に徐々に風化してしまう。

喜びも、悲しみも、恐怖だってそうだ。

だからこそ、こういった輩《やから》には、強烈な感情を決して忘れないよう、心に刻み込まなければならないのだ。

――いいかアキラ、こういうときはな……

そうだ。以前に師匠がやったあれをしよう。

魔力を相手に向けると同時に殺気を込めて、相手にトラウマを植え付けるというPTSD的なヤツだ。スクレールが敵対する相手に向けるあれの万倍きついの。お腹とタマタマがきゅっとなってストレスマッハで速攻自律神経失調症になるヤツである。

前に師匠に、ビビり矯正のためにそれされたけど、結局治らなくて、受けた分だけ損したのもヤな思い出だ。とってもヤな思い出の一つだ。うん。

こういうの、息を吐くように人を殺すことができるあくまな師匠なら簡単なんだろうけど。僕にはそんな物騒なことハードルが世界記録並みに高いので難しい。

でもここは踏ん張りどころだ。頑張らないと。

……よし、死んでくださいお願いします死んでくださいお願いします死んでくださいお願いします…………これでどうだ。

「あ、あ、あ、あぁ……」

うん、どうやら僕も師匠やスクレールみたく形而上《けいじじょう》概念を操れるようになったらしい。

嫌みったらしい顔の人は目を飛び出すくらいに見開いて、冷や汗ダラダラ流しまくってる。なんかあやしいお薬の禁断症状が出たみたいにひどい有り様だ。

……ちょっとやり過ぎただろうか。慣れないことはするもんじゃないかなやっぱ。

「い、いのちだけは…………たすけて、たしゅけて、ください……」

嫌みったらしい顔の人は鼻水垂らしながら泣いちゃった。

うん、ちょっとというかかなりやり過ぎたわこれ。なんかごめん。

殺気込め込め魔力放出はやめたんだけど、嫌みったらしい顔の人は気絶してばったりと倒れ込んでしまった。

きっとこれでもうこの人は悪いことができないはずだ。

やることも終わったし、ラメルさんの方を向いたんだけど、彼女は若干青い顔していた。

うん、ちょっと引いてるね。ですよね。

「……すごいですね」

ラメルさんが投げかけたのは、褒めてくれると言うよりは恐れ入ったって感じの称賛の言葉だった。

「いやぁ、僕なんか全然だよ」

「そうなんですか？」

「そうそう…………この前なんかさ、ライオン丸先輩の潜行《ダイブ》に付いて行ってさ、【屎泥《しでい》の沼田場《ぬたば》】でもヤバかったのに、迷宮深度46とかふざけたところに行ってさ、ふふふ、うふふふふ…………」

あれを思い出すとヤバい。一時的狂気に陥《おちい》る。

意味不明な会話、多弁症など会話の奔流《ほんりゅう》である。

……うん、僕、あのときに身の程を知りましたとも。僕なんてまだまだひよこだよマジで。

僕がそんなことをぶつぶつ言っていると、ラメルさんが目をキラキラ輝かせる。

「やっぱりクドーさんは高レベルの魔法使いさんなんですね」

「ま、まあね。あはは……」

怯《おび》え気味だったラメルさんの視線が尊敬のまなざしに変わる。良かった。怖がられなくて。

「じゃあ、ここでこうしてるのもなんだし、中に入ろっか」

「はい」

そうして、ラメルさんと一緒に品評会の会場であるコロッセオみたいなとこに入ったのだけど、歩きながら、ふとあることに思い至った。

「——あのさ、小規模の工房って、大変なの？」

「え？」

突然の話に聞き返しの声を出すラメルさん。

そう、僕がそんな考えに至ったのは、トーパーズさんの話と、先ほどの連中のことがあったからだ。

トーパーズさんの言葉は、小規模の工房を慮《おもんぱか》ってのものに聞こえたし、嫌みったらしい顔の人は他の工房の発表を露骨に潰そうとしていた。

つまり、経営面でも妨害の面でも、小規模の工房が窮地に立たされているのではないかと考えたわけだ。

……とまあ、訊かれたラメルさんはと言えば、そんなわかり切っていることを何故訊くのかと言うようにキョトン顔をしている。

そんな彼女に訊ねた。

「いやね。僕って工房とか持ってなくて、ほぼ自分のためにポーション作ってる程度のマイスターだから、そういったフリーダでの工房経営に関しては疎くてさ」

「あ……はい。いまはどこの工房も大手に圧迫されてまして……物量に物を言わせて販路拡大ならまだしも、質の悪いポーションを売ったり、さっきみたいに他の工房やショップにまで圧力をかけてきたりと、ここ数年で多くの工房が閉まっている状況なんです」

「あー、やっぱそうなんだ」

なるほど。大手が弱小を潰して市場を独占しようとしているわけだ。

そして、その過激な面の尖兵《せんぺい》がさっきのヤツらなんだろう。

この世界、君主制が主流でまだきちっとした法が整備されてないから、そういった輩を取り締まる法律もないのだろう。日本だって、近代になってもやべーやり方で同業者を潰しても罪に問われなかった事例がしこたまあるのだ。そりゃあああくどい行為が横行するわ。

……それが『はちみつポーションの小規模な工房限定』の話と、どう関係があるのかは、まだ全然結びつかないんだけど。

「ちなみに、ラメルさんは今日どんなポーションを？」

「はい。私は改良したヒールポーションを出します。効果はなんと通常のポーションの三割増し。自信作です！」

「それって、通常の原料で？」

「量の調整はありますけど、ほぼすぐに手に入るものばかりです」

「…………わーお」

通常の原料と簡単に手に入るもので効果三割増しの作るとかすごいんじゃなかろうか。ラメルさんは丁寧で良質なポーションも作ってるし、きっとこの人僕なんかよりも特級のカードに相応《ふさわ》しい。

……あれかな、揉《も》み手してへりくだって敬わなきゃいけないかな。

「へへへ、先輩今後ともよろしくお願いしやす」

「は、はぁ……？　さっきの人たちみたいなことして、どうしたんですか？」

「あ、いや、うん。なんでもないから気にしないで」

やっぱ真面目な子にはこういう冗談はしない方がいいみたい。

「最近はお金に余裕ができて、以前からしたかった研究に手を出せて……」

ラメルさん。感極まって涙ぐみ始める。

なるほど。ゴールドポーション売却のおかげで、研究ができる金銭的な余裕が出たのだろう。

……うん、なんか僕がゴールドポーション作ってるんだよって言いづらくなった。すごく。だって恩着せがましいし。これについては黙っておこう。

ポーションのことは今後ともよろしくしてもらうんだけどもね。

会場の正面入り口で、嫌みったらしい顔の人が連れて来た人たちをぶっ飛ばして、そのうえその嫌みったらしい顔の人を僕の堂々とした威風（当社比）で気絶させたあと。

特に怪我《けが》をしたとか、服を汚したとか、オートリバースしたとかおしっこちびったとかもなかったので、そのまま品評会に出席すべくラメルさんと共に入場した。

会場であるコロッセオ風の巨大建築物は、メインの会場である露天のステージと、室内である円状の外郭部分に分かれており、ここフリーダでも最大とされる旧市街、城砦街《カオルーン》を除けば冒険者《ダイバーズ》ギルドに次いで広い敷地面積となるようだ。

どうやらここも、現代世界のコロッセオとだいたい同じような造りらしい。人類が作ってるから形状からして似たようなものになりがちなんだろうけど、外郭部分が殊更《ことさら》厚く、各所に結構部屋が設けられているみたいだ。

材質は異世界産のモルタルやコンクリート。鉄筋まで入っているのかどうかは知らないけれど、かなり頑丈のようで、築年数は結構経っているらしいにもかかわらず、古いマンションの外壁によく見る、斜めやエックスのひび割れとかも見ない。

そんな大きな会場なんだけど、ここでも僕には誤算があった。

会場には、なんか観客らしき人たちがいっぱいいたのだ。

いっぱい。超いっぱい。おっぱいじゃなくていっぱいだ。

エントランスがある外郭の室内部分には、ちょこちょこ屋台なんかが設けられていて、ちょっとしたお祭り状態さながら。

イベントも斯《か》くやというほどの人、人、人で賑《にぎ》わいを見せている。

しかも耳をそばだてるに、どんなポーションが発表されるのかだとか、誰に頑張って欲しいだとか、そんな話が聞こえて来るのだから発表は観客の前というのが窺《うかが》える。

……うん。僕がアシュレイさんの話から予想した、関係者だけのこぢんまりしたものじゃなかった。全然。嘘つかれた。許されない。

これだとメイン会場の客席は超満員で、絶対大勢の観衆の中での発表会になる。

発表すれば、まず目立つよね。目立てばそりゃあ、僕がポーションマイスターというのが周りにバレる…………なんてことはないか。

というかそれ以前にだ。冒険者《ダイバー》などはこのフリーダにいっぱいいるのだから、そもそもあまり気にもされないと思われる。

そりゃあすごい効果や特殊なポーション発表すれば話は別だろうけども、僕はほら、ポーションはちみつだし。それにたとえ僕がマイスターだってわかっても、迷宮《ダンジョン》では控えめな潜行《ダイブ》を心掛けてるからそもそも僕のことなんか認知されてないだろうし。ランクだって三万台だし。そこまで過敏になるようなことでもないはずだ。

まあ僕のことを見たことある冒険者《ダイバー》がここに来ていれば、その限りじゃないんだろうけど。

それに、だ。もしここでのことが元で、チームに勧誘されるようなことになっても、ミゲルのチームに入る予定なんでって言えばいい。あとでミゲルに許可取って利用させてもらおう。そうしよう。というかそれくらい許されろ。

…………あと気になってるのは、こんな大きな品評会で適当なポーションを発表してほんとに怒られないかって点だけなんだけども。

うん。正直慄《おのの》いてる。こんなみんな全力投じてる発表の場で、適当に選んだものを出すという暴挙に出ようとしているのだ。きっと怒られる。ヤバい。

でも逃げるって選択肢を取れないのが、僕が小市民なところだろうね。

行っても怒られるけど、逃げるともっと怒られる。

だからそのまま何も行動に移さず、頭空っぽにして流されてしまっているというヤツだ。

ヤバい。これちゃんと直さないときちんとした社会生活できなそう。

ラメルさんの後ろを、自分でもわかるくらいぎこちない動きで付いて行って、受付で手続きをする。

そんで、受付の人から番号札みたいなものを渡された。

なんか発表する順番はあらかじめ決まっているらしい。

手続きが終了すると、ラメルさんがこっちを向いた。

「クドーさん！　お互い頑張りましょう！」

どこか気迫がこもったエールをくれる。やっぱり例に漏れず、彼女もこの品評会に全力をかけているみたい。適当不真面目で臨んでしまってごめんなさいといますぐ謝りたい気分。

ラメルさん。ふんすと鼻息を出して、再度『頑張りましょう』と言うように視線を合わせて来る。

僕はそれに、なるたけ平静を取り繕って答えた。

「う、うん。頑張るよ。心臓ドキドキして血圧ヤバいけど」

「クドーさんなら大丈夫ですよ。だってすごい魔法使いなんですから」

「いやぁすごい魔法使えるからポーションの研究もすごいとは限らないと思うけどなぁ」

「それは………そう、ですね。ちなみにクドーさんのポーションは？」

それを訊きますか。

いま訊いちゃいますか。

聞いたら、絶対引くよね。がっかり程度じゃなくて、幻滅レベルで。

だってほら、はちみつだもの。

折角さっき微粒子レベルでカッコイイとこ見せられたのに、これでは全く締まらない。

あまり言いたくないけど、でもさっき僕もラメルさんに訊いたし、どうせあとで発表するのだ。

　腹を括ろう。

　これは予行練習だ。

　予行練習。

「僕のはね」

「はい」

「僕のは……」

「クドーさん?」

　ええいままよ!

「あの、はちみつ、です」

「はちみつ?」

「うん。はちみつ味のポーション、なんだ……」

「………」

「えっと、ラメルさん、ラメルさん?」

　ラメルさんは黙ってしまった。やっぱ予想通り、失望されてしまったようだ。

　眉間にしわが寄って、顔が怪訝《けげん》な感じになってきてるもの。つらい。

　ああ、どうして僕はあのとき、はちみつポーションなんて選んでしまったのだろうか。

品評会のことを軽い気持ちで考えていたのだろうか。

僕がそんな風にいたたまれない気持ちマックスハートになっていると、

「その、少し頂いても？」

「え？　うん、いいよ」

ラメルさんに求められて、はちみつポーションが入ったフラスコを取り出す。

そのあと、計量できるタイプのミニカップに少し移して、彼女に渡した。

「ガラスの器ではないんですか？」

「ああ、うん。それプラ製」

「ぷら……」

ラメルさんは透明なプラスチックのカップを不思議そうに見詰め、やがて意識が中身の方に移ったのか、ほんのりオレンジがかったポーションを見て厳しい表情になる。

なんか目付きがプロっぽい。というか彼女は自分の工房を持ってるプロだろうけど。

それを一口飲むと、ラメルさんはもっと難しい顔になった。

「…………さすがです。やはり高レベルの魔法使いの方は違いますね」

「え？　はい？」

予想と違う反応だ。

まあ反応からして皮肉とか嫌みの類《たぐい》ではないだろうけど、ちょっとどういうことかわかりにくい。お顔がとてもお険しいということは、もしやはちみつ味がお嫌いだったとかそんなんだろうか。やっぱり、こんなの出したらマズいよ的な反応だったか。そうなんだろうか。だって良い物出したら、さっきみたいに尊敬のまなざしとか向けてくれるだろうし。そんなことないということは、つまりそういうことなんだと思われるけど。

　注文していないのに不安マシマシ、脂汗多め、身体《からだ》固めだよ。僕もうお腹痛くて死にそう。だれかたすけてへるぷみー。

　なので、意を決してどういうことか訊こうとしたのだけども。

「申し訳ありません。そろそろ私も発表の準備がありますので、それでは」

　言う前に切り出されちゃった。

「あ、うん。ラメルさんも頑張って……」

「はい。クドーさんも」

　ラメルさんはプラのカップを僕に返却したあと、険しい顔のまま行ってしまった。結局僕にはもやもやしか残らなかった。つらみ。

　…………しばらくして、出品者の準備時間も終わり、品評会本番。

　係の人に呼ばれて肩をびくっとさせて集合場所に到着した僕および集まった出品者たちは、その総勢が大体三十人くらいだった。

　フリーダにいるマイスターはもっと多いみたいだけど、マイスターが多く所属している工房は基本共同研究らしく、そういったところは発表時、工房の代表者に一任するらしい。

あとは前回出たから今回は欠席とか。そういうのほんとうらやましい。

発表に関しては、一人当たりの持ち時間は基本五分から十分程度だそうだ。単純計算でも三時間くらいかかる長丁場を予想するけど、発表内容によっては試飲もなくあっさり終わるそうだから、意外と早く終わってしまうとのこと。

今日、朝からヒマな日曜日で良かった。

……いや、逆に土日じゃなかったら来なくて良かったんじゃなかろうか。

いまさらだけど、ほんとついてないらしい。

それで、案内された会場はやっぱり広くて、観客も多かった。

オールスターとかクライマックスシリーズを彷彿《ほうふつ》とさせる動員数。風船や紙吹雪が飛び交い、売り子さんが忙《せわ》しなく歩いている。ポーションの品評会なのになんでこんなにすごいのか、ほんとまったく意味不明。天下一な武闘の会とか、暗黒的な武術の会とかじゃないのになんでこんな集客できるのか。フリーダ市民暇すぎ問題。お祭り大好き過ぎ問題。

というかヤバいよほんとヤバい。緊張からくる眩暈《めまい》で卒倒しそう。こんなの初回で乗り越えられるほど僕の神経太くないむしろ細い。マイクロファイバー並みに。神経はもっと細いとかいうツッコミは自重して欲しいといまは切に願う次第。

ともあれ、僕がイベントの規模に半ばも何も全身で怖れ慄いていると、反対側から審査員が入場して席に着いた。

右から、冒険者《ダイバーズ》ギルドのギルドマスターさん。僕を絶賛こんな目に合わせている張本人であり、あくま二号の称号を欲しいままにしている人物である。絶対貸しは回収するからいまに見てろこの金髪さわやかお兄さんめ。

「みんなご存じ冒険者《ダイバーズ》ギルドのギルドマスターの僕だよ。あははははっ」

朗らかに笑いながら挨拶すると、客席から歓声が上がる。そりゃあ冒険者《ダイバーズ》ギルドの代表と言えばこの大都市フリーダの中心的な人物だ。業務も素材集めよりも冒険者《ダイバー》の生還に尽力しているから、冒険者《ダイバー》からの人気も高くて、ファンもいっぱいいるのだ。

ちなみに会場には魔法が掛けられていて、特定の場所で声を出すと大きくなって会場に響くという効果があった。ギルドマスターの声が急にでっかくなったの不思議だったから、いま魔法で調べた。魔法マジ便利。

そしてそしてその隣は、ライオン丸先輩ことドラケリオン・ヒューラーさんがお座りになった。今日はおめかししているのか、たてがみがキマっていてカッコイイ。というか毛並みはかなり気にしているらしく、さっき陰の方ででっかい櫛《くし》を使って最終調整をしていた。

「ドラケリオン・ヒューラーだ」

今日はいつもの快活な感じとは違い、声を厳格な感じで響かせている。そのとんでもない存在感で、会場は一瞬水を打ったように静まり返り、直後大きな歓声が巻き起こった。

うん、さすがはド・メルタの勇者。そりゃあ著作権バリバリ違反してそうなちゃっちい人形が屋台で売られてるわ。

次の人は確か、ギルドが誇る巨大チームの一つ『勇翼《ブレイブウィング》』の首席魔法使い『翠玉公主《エスメラルダ》』グリーニア・リアテイルさんだ。

緑髪の楚々《そそ》としたお姉さまで、耳と尻尾が付いた尻尾族の人。

なんというか一部性癖を持つ人たちが進んで罵られに行きそうなくらい怜悧《れいり》な雰囲気がある、大人の女性である。なんかこう、できる女性っていう言葉がぴったり合いそう。僕の知ってるOL筆頭アシュレイさんとは対極な感じ。

それで、グリーニアさん、僕がいままで見た尻尾族の中でも特に尻尾が大きくて長い。髪色と同じ翠玉色《エメラルドグリーン》で、光の加減でキラキラと輝いているめちゃ綺麗《きれい》。

「チーム『勇翼《ブレイブウィング》』所属、グリーニア・リアテイルです。ちなみに私のこの尻尾は、毎朝一時間入念に手入れを行っていて、こうして陽光に照り映える理由は、芙蓉馬《ミュータブルホース》の毛で作ったブラシで入念に艶出しをしているためで……」

……グリーニアさん。自己紹介のあとに唐突に狐《きつね》っぽい尻尾の自慢をし始めた。「なめらかな手触りで」とか「フリーダでも私の尻尾が一番でしょう」とか、ここぞとばかりにぶち込んでくる。確かに毛並みも良く触り心地もめっちゃ良さそうだけど、どうして自己紹介に尻尾紹介まで混ぜるのか。そして自己紹介よりも力を入れているのか。誰も文句を言わないのか。みんなそうなるのは織り込み済みなのか。

なんか異次元空間に来た気分。いやまあ確かにここは異世界だけどもさ。できる女性像どこ行ったよ。さすが尻尾族だよ。エルドリッドさんもそうだったけど、やっぱりみんなこんな感じなんだね。

そんで次は、もっと異次元なキャラが現れる。

「ポーションショップ『女神たちの血みどろ血液』店長の、ゲール・ホモッティオよぉ。うふん」

そう、僕がよく行くポーションショップの店長である、色黒のごっついオカマさんだ。ライオン丸先輩に匹敵する体躯《たいく》だから、挟まれたグリーニアさんがちっちゃく見えるほど。

しかも今日はいつもよりもおめかしが過剰なせいか、モンスター感が拭えない。【赤鉄《せきてつ》と歯車《はぐるま》の採掘場《さいくつじょう》】の醜面悪鬼《オーク》も裸足《はだし》で逃げ出すくらいになっている。

あと、ウインクはやめてね店長さん、死人が出るから。会場でも観客席でもえずいている人いるし。ポーションは沢山あるから困ることはないだろうけどもね。

その次がポーションギルドのギルド代表マスターと、最後はフリーダ議会の重鎮であるグラドさんっていうおじいちゃんだった。

審査員は計六人。

……ちなみにこれは余談だけど、ポーションギルドの代表は肥満体形なうえすごい胡散《うさん》臭さが漂っていた。なんていうか金満とかいう言葉がぴったり合いそうな見た目で、嫌な感じだったね。うん。

というわけで、審査員の紹介が終わり、摩訶不思議《まかふしぎ》液体飲み薬の品評会が始まった。

僕の発表は最後の方で、ラメルさんは最初の方。

審査の仕方は最初の説明にあった通り、結構サクサクと進んだ。

審査するのがポーションだからね。基本的に効果は身体の傷が癒えるか、魔力が回復するかのどちらかしかないわけだから、よっぽど目新しくて飛び抜けた効果がない限りは、ほんとにあっさり終わってしまう。

大抵は、回復量が少し上がったよーとか、調合作業の工程を減らすことに成功したよーとか、そんな感じ。

材料を減らして効果そのままなんてものもあったけど、誤魔化していたのを試飲でグリーニアさんや先輩に見抜かれて退場させられた人もいた。先輩ポーションのことにも明るいとかすごい。しかもそういうのがあると会場もエキサイトするから、盛り上がりも抜群だ。

僕が見た中で一番目新しかったのは、調合作業に使う便利な道具の発明かな。

あとは既存のものに比べて原価を抑えることに成功したマジックポーション。

マジックポーションとヒールポーションの効果を併せ持ったミックスポーション。

などなど。

目立ったのはそのくらいだ。あとは結構ありきたりな感じで、特に騒ぎにはならない程度。でもやっぱりみんながみんな回復性能に重きを置いて理論を作ってきている。だから か僕のはちみつポーションに劣りそうな感じのものはなくて、僕は発表ごとに精神を追い詰められているような状況にあった。

やっぱりミックスポーションのときは大きな歓声が上がったね。

ラメルさんのときも好評だった。ポーションに詳しい審査員は、その効果三割増し出来栄えに唸《うな》っているくらい。やっぱりすごい。

とまあそんなこんなで、僕の番が来た……来てしまった。うん。

呼ばれて、前に出て、発表を行う人の上がる壇上へ。

前後左右四方八方八面六臂《はちめんろっぴ》で視線を感じる。

緊張で軽く死にそう。ぐえ。

「く、クドーアキラといいます。こういう場は初めてなので、どうかお手柔らかに……」

僕がそんな頼りない挨拶をすると、審査員席にいる先輩がにこやかに声をかけてくれた。

「なんだクドー。この前一緒に冒険したときより緊張しているじゃないか」

「いえいえいえ！　ここはあそことはまた違う緊張がありましてですね！」

「そうか。俺と一緒に行った高深度階層よりも品評会の方が緊張するか。さすがだなクドー。わははは！」

「ちょ、そういう意味じゃなくてですねぇぇぇぇぇぇ!!」

先輩誤解マックスである。やめてよ今後またあんな場所に対策なく連れていかれるとかほんと死ぬ。そっちはそっちで品評会より切実だ。命的に。

ふと、グリーニアさんが先輩の方を見る。

「……ドラケリオンさんのお知り合いの方ですか？」

「ああ。ちょっとな」

「ふむ……」

グリーニアさんの視線が変わった。なんか、流そうとしていたけどやっぱりよく見てこう的な感じになったような、そんな変わりよう。注視してる感がマシマシだ。緊張が増すからやめて欲しい。

「その、そろそろ」

「うむ。失礼したな」

先輩は司会の人の言葉にそう答える。

そこはかとなく死にそうになっていた僕の緊張を見抜いて、ほぐそうとしてくれた偉大なライオンさんに頭を下げてお礼をしつつ、司会の人の方を見る。

「では、発表の方をどうぞ」

来たよ。ついにこのときが。

嫌だけど、もうどうしようもないのだ。

深呼吸して、口を開く。

「えっと、僕が今回作ったのは――はちみつポーションです」

「はちみつ？」

「ポーション？」

うん、みんな当然のように頭に疑問符浮かべてるよ。審査員席に困惑顔が並んでる。

やっぱりそんな反応になりますよね。ほんとごめんなさいごめんなさいほんとごめんなさい。

……そんな感じで、僕が心の中で平謝りに徹していると、ポーションギルドの代表さんが、これでもかというほど怪訝な表情を向けて来た。

「マイスタークドー、そのはちみつポーションは一体どんな効果を持っているのだね？」

「えっと、主だった効果は特になくて、ほとんど普通のポーション、です」

「はぁ？」

「あ、味がはちみつになっただけなんです」

「回復量は？」

「まったく変わってません……その、す、すいません……」

「…………」

「…………」

視線が痛い。死にたい。貝になりたい。

先輩も店長さんも、どうしていいかわからないっていうような表情を見せている。

そんな中、僕に質問していたポーションギルドの代表さんが、バンっと机を叩いた。

そして、

「味が変わっただけだと！　そんな研究があるか！　君はこの権威ある品評会をバカにしているのかね!?」

「いえ、その、そんなつもりは全然ないんですけど……」

ごめんなさい嘘です。結構適当なもの選んで出しました。だってそう言われたんだもん。

僕は悪くないぞ。おそらくたぶんきっとだけども。

っていうか、あんまり適当なもの出し過ぎたせいで、周りの目が怖い。ヤバいよほんとにどうしよう。ポーションギルドの代表さんは僕にずっと怒鳴ってるし、なんか目が回って来る。レベルが上がってからまったく無縁になった貧血の症状に似ているあれだ。

とまあ、そんな風に僕の精神が再びいたたまれなさでボロい布切れの如《ごと》くになっていると、

「――はちみつ味とは興味があるぞ！　私はそのポーションに対し非常に興味がある！」

そんな大きな声が会場内に響いた。

声を出したのは、フリーダの議会議員のおじいちゃんであるグラドさんだ。

「へ？」

「ふ？」

審査員の人たちが、突然の発言に不思議そうな声を出した。

そして、その困惑を代弁するかのように、ポーションギルドの代表さんが、グラドさんに訊ねる。

「ぐ、グラド議会議員殿？　あの、彼は味が変わっただけだと言っているのですが？」

「何を言っているのだ！　味が変わったのだぞ!?　重大事ではないか！」

「いや、一体それのどこに重要な点が」

と言うと、グラドさんのエキサイトぶりが一気に高まる。

「何故わからんのだ！　貴様はそれでもポーションギルドを任される身か！」

「で、ですが、たかが味が甘くなっただけで……」

「たかが!?　たかが味が甘くなっただけだと!?　貴様はこれまでどれだけの同胞がポーションの苦さを嫌って死んでいったか知っているのかっ!!」

「ひぃ!!」

代表さんは、ばこーん！　って感じで椅子がぶっ飛んでいったのを見て、悲鳴を上げた。

……もしかしてグラドさん、獣の皮を身に着けてないけど、怪着族《かいきぞく》の人だったのか。

さっきも同胞がどうとか言ってたし。

「あーそういえば……」

怪着族。彼らはここド・メルタでも耳長族と一、二を争うほど強い力を持つ種族だが、その反面、エネルギー消費《おなかがすく》のが早いという残念極まりない特徴を持つ人たちだ。

しかも残念無念なのはそれだけじゃなくって、苦い物が途轍《とてつ》もなく苦手らしい。

これはどうも、彼らを創造した朱姉神《しゅししん》ルヴィが、苦い物が大嫌いなため、その影響を受けたからだと言われている。

うん。この前、安全地帯《セーフポイント》で騒いでたカップルに遭遇したとき、スクレールに教えてもらったからその辺よく覚えてる。

そう言えば審査中、グラドさんだけポーションを試飲してなかった。

というかそもそも、だ。

そんなに苦いの嫌なのかあんたらは、と言いたい今日この頃。

ちょっと我慢すればいいだろうに。

ほんとなんでそれができないのかつくづく疑問である。

周囲を見ると、やっぱりみんな同じような気持ちになっているらしく、「ええ……」と言いたげにしているし、他の審査員たちも同様に戸惑っていた。

ふと、そこで気付く。

「あ……」

今回作ってきたはちみつ味に、結構意味があることに。

これ、味は完璧にはちみつ水だから、全然苦くないし。

困惑していた内の一人であるグリーニアさんが、優しい口調で訊ねてくる。

「その、クドーくん、でしたね……何故、ポーションをはちみつ味にしたのですか？」

「え、えーっと……」

ヤバい。

ちょうどいまその有用性に気付いたんですよー、えへへーとか言えない。

なんか適当なこと。適当なそれっぽいことを言ってここは誤魔化さないと……。

「あ、味については甘い方が飲みやすいでしょうし、理由はまあ、先ほどグラド審査員が言っていたように、迷宮《ダンジョン》に潜るとときどき安全地帯《セーフポイント》で、ポーションを飲みたくないって騒いでる怪着族の人を見かけるので、こういうのいいかなぁと思って」

「素晴らしい！　これは我らのことを心配して作ってくれたものなのか！　なんという優しさ！　くぅっ！」

違うんです。ほんと違うんです。その場しのぎのただの方便なんです。ごめんなさいグラドさん感動の涙を流さないでほんと心が痛いから。

……うん、グラドさんものすごく感激している。しかも、観客席からも同様の声とか嗚《お》咽《えつ》が聞こえて来る。きっと彼らも怪着族の人なのだろう。

ポーションを使えないということは、それだけこの危ない世界では不利なことだ。

怪我や病気の治療の手段が一つ減るということは、つまりそれだけ死に繋《つな》がりやすい。

だからこそ、こうして尋常じゃない喜びようを見せてるんだろう。

え？　僕？　もちろん嘘八百を並べ立てたせいで心の中は罪悪感で一杯ですはい。

（あれ？　ってことは、もしかしてこれ……）

だからトーパーズさんは、ああ言ったのだろうか。

これの効果が確実に受け入れられるから、製作元を小規模の工房に限定して欲しいと。

ラメルさんの話では、いま小規模の工房は大手の台頭で軒並み潰れかかっているという。

だからこそトーパーズさんは、小規模の工房に、確実に需要のあるポーションを作らせることによって、工房の閉鎖や技術者の減少に歯止めをかけようとしているのかもしれない。

……待て、待て待て待てよ。じゃあ僕の仕事は、ここでこれを大々的にアピールして、販売を軌道に乗せなければならないということになる。結構責任重大じゃないか。ビビってる場合じゃないぞ。緊張が別のものになって来たヤバい。どうして学生にこんなことさせるの神様ちょうひどくない？

ふと、ポーションショップの店長がオカマ声で言う。

「ねぇ。まずは飲んでみない？　私も甘いポーションなんて飲んだことないし、ちょっと面白そうよ」

「そ、そうですね」

審査員席の全員が、試飲用に供出したポーションを手に取る。

あとは、怪我の治癒具合の確認のために招待された、現在ちょうど怪我をしてる冒険者《ダイバー》さんもだ。

みんなオレンジ色の液体をまじまじと眺めたあと、内容物を一気に呷《あお》った。

「あー」

「おお、これは」

「あら……」

「へぇ？」

「…………まあ、どこにでもあるはちみつ水だな」

ですよね。だってそういう感じのものなんだもの。

冒険者《ダイバー》さんの治癒具合も、ごく普通一般にありふれたポーションと同じくらいだった。

もちろん、タダで怪我が治って嬉しそうなのは言うまでもないけど。

他方、グラドさんはというと、はちみつポーションに映っている自分の顔と絶対に決着の付かないにらめっこしている最中だった。

司会の人が声をかける。

「グラド議員」

「待て。私はいま葛藤しているのだ。これにもし、少しでも、ほんの少しでも薬草《テア》の苦味があったなら……」

死ぬんですかね。ご逝去《せいきょ》なさっちゃうんですかね。あー、もしアレが苦かったら僕の方が殺されちゃいそうだなぁ。

やがて、覚悟が決まったのか、グラドさんは意を決して一気に呷った。

そして、目を見開き、

「は、はちみつだ！　これは完璧にはちみつだ！」

手をばたばたと動かすグラドさん。はちみつ味で年甲斐もなくはしゃぐのはマズいのではないだろうか。年齢的にも立場的にも。

そして、グラドさんはいつかのことを思い出すように、

「……私は昔、ポーションをほんの一滴、ほんの一滴だけ舐めてみたことがある。そのときはあまりの苦さに一昼夜のたうち回ったものだが、まさかあの苦さを完全に消し去ったポーションがこの世に生まれるとは……」

なんかツッコミどころ満載な過去を口にし始めたグラドさん。そのまま、一人感動の世

界に浸っている。

そんなおじいちゃんのことを余所《よそ》に、冒険者《ダイバーズ》ギルドのギルドマスターが口を開く。

「ほんとにはちみつだねこれ。でも、こんなの初めて飲むよ。というか、どうしてこれまでこういうのなかったんだろうね」

その質問にはグリーニアさんが答えた。

「作らなかったというよりも、作れなかったのです。完成したポーションに他の液体は混ざりませんし、作っているときに混ぜても味に薬草《テア》の苦味が現れて……このように別の味には絶対にならなかったのです」

彼女はそう言うと、僕の方を向いた。

「……クドーさん。あなたはこれをどうやって？」

「あ、えっと、作り方はここに書いてありますんで、どうぞ」

そう言って、サファリジャケットのポケットにしまってあったレシピを取り出して、司会の人に渡した。

その様子を見て、何故か目を丸くするグリーニアさん。

「え？　あの……」

「どうしました？」

「レシピをそんなにあっさり渡していいのですか？　これはあなたの成果であり、いわば秘伝でしょう?」

「あ、これはもとから細かく公開する予定でしたから」

「あの、何故?」

「だって品評会の目的ってそれでしょう? 作った画期的なポーションを公表して、周知させる。折角作って発表したのに、他に広まらないと意味ないじゃないですか。だからこそ材料も誰でも手に入れられて、簡単に作れるようなものを選んだんですし。あ、もちろん、冒険者《ダイバーズ》ギルドにレシピ代を請求して、もとは取りますけど」

ごめんなさいだいぶかっこつけてふかしました。これ、ほぼトーパーズさんのご希望なんです。いやまあ公開することについては全然未練とかないよ? だってこれ、広めて困るようなものじゃないしね。

「いえ、そうですね……」

「そこまで考えてのものか……くっ、私はいまとてつもなく感動しているっ!」

おじいちゃん、感極まり過ぎてるとそろそろ血管切れちゃいますよ。抑えて抑えて。

というかはちみつポーションなんて僕にとってはどうでもいいものだからだとは言うまい。というか言えるまい。僕のインナーシャツはもう汗だくで限界ですよ。もちろん冷や汗でだけどな。

グリーニアさんは司会の人から渡されたレシピを、隣の店長さんと一緒に見る。

するると、ギルドマスターが訊ねた。

「どうだい？」

「あらあら、これは普通のレシピとはいろいろ違うわねぇ」

「なるほど。ただ混ぜるのではなく、役割を分担させるのですか。ポーションにはちみつを組み込むのではなく、薬草《テア》の能力を抽出して、はちみつの方に混ぜ込む……魔法を数回使うため工程は増えますが、確かにこの理論ならはちみつをポーションに変えることができます。それにこれを応用すれば……」

「ええ、はちみつじゃなくてもできますよ」

「やはり……」

そう、このポーションっていう摩訶不思議液体飲み薬は、ただ他のものと合わせただけでは混ざることはない。この世界で言う完全存在の法則とかいうののせいで、一度ポーションにしてしまうと他のものとは混ざらないようになってしまうのだ。

「……この『反遊離《はんゆうり》アンチセパレーション』とは」

「あ、僕が作ったオリジナルの汎用魔法です。端っこに術式とか書いてるんでどうぞ」

「…………」

そこで、グリーニアさんは何故か眉間を揉みだした。

これに関してはオリジナルの魔法を惜しみなく公開したせいだろうね。でも、その魔法ってば、混ざりにくいものを混合するために作っただけの、完全に補助的な魔法なのだ。ゴールドポーションを作るときに使う『劣化』関連の魔法や大量の魔力を用いた『高圧』関係じゃないから知られてもまあどうってことはないし、というかこれならむしろ僕が秘匿しているよりもいろいろ発展に寄与できるかもしれないところがあるからね。惜しくはない。

するると、店長さんが彼女に訊ねる。

「どう、これ?」

「はい、作れます。ですが、誰でも……とはいかないでしょうね」

「そうなのかい?　でもさっきクドーくんは誰でもって」

「これにはある程度の技術を要します。とはいっても、ベテランのポーションマイスターであれば問題なく作れるでしょうが……」

「ほう、それほどか?」

「魔法もそうですが…………実際に見た方が早いでしょう」

グリーニアさんはそう言って、両ギルドマスターを招く。

「な、なんだこの数字は!?」

「これは……また随分と数値と手順が細かい」

二人とも、レシピを見て驚いている。だけど、それも当然だろう。分量が細かいというか、ものすごく半端すぎるのだ。あのレシピには、２２６とか、７４１とか、やたらと半端な数字ばかりが並んでいる。無論、そこまで細かく量って試行錯誤したわけじゃない。向こうの世界の度量衡《どりょうこう》……つまりメートル法で算出される質量の単位、グラムで量ったものを、こちらの単位に戻しただけなのだ。グラムをヤード・ポンド法に直したときとか、尺貫法に直したときとかに起こるようなものである。

つまり、もともとの量り方では非常にばらつきのあった量を、グラムやらミリリットルやらに戻して、微妙な調整をし、ちょうどいい量に増やしただけなのである。

最初はまさかこんなので上手くいくとは思わなかったのだけど、意外と上手くいったのだから不思議なものだ。やっぱりヤード・ポンド法は悪い文化なのかもしれない。

「クドーくん、どうやってこのような細かな数字を割り出したのですか？」

「あ、いえ、それは内緒にする方向でお願いします」

だってド・メルタの度量衡とか超めんどくさいとか言えないもの。ごめん。

「……そうですよね。さすがにそこまで情報公開はしないですよね」

「あ、あはは……」

この上、量に合わせた魔法の微調整もしなければならないため、神経使う。手順も多い。でも、ポーションを常日頃作ってる人たちならば、問題なく作れるだろう。素人ニワカの僕だってできたのだ。あと、師匠のスパルタ。みんな絶対僕より師匠にお礼言った方がいいと思う。割とマジで。師匠がその気なら世界とか軽く救えそうだもの。ほんとなんであんなあくまなんだろうか。世の中おかしいよ。絶対。

グラドさんが興奮した様子で、グリーニアさんに訊ねる。

「では、このはちみつポーションをすぐに流通させることも可能なのだな？」

「はい、両ギルドで手配していただければ……」

「ギルドマスター、すぐに手配してくれたまえ！　これで多くの同胞が救われる！　苦いポーションを飲む不安を抱えず、迷宮《ダンジョン》にも安心して潜れるぞ！」

「あ、そこは怪我の心配じゃないんですねーそうなんですねー……」

この前の怪着族の人も、そんなことを言っていた。

うーん、きっと怪着族がポーション飲めないの、苦いからだけじゃないんだろうね。さっき一滴でものたうち回ったとか言ってたし。なんか呪いでもかけられてるとかそんなのがあるんだと思う。

「……いやー、これは確実に売れるだろうね」

「無論だ。たとえ他に需要がなくても、怪着族が全部買う！」

ですよねー。常備のために買占めとかしちゃいますよねー。

あ、それならちょうどいいや。

「でしたら、僕の方からちょっと条件を付け加えてもいいでしょうか？」

「あらぁ？　条件ってぇ？」

「はい。レシピの公開先についてです。公開するのは、現在小規模で丁寧に作ってる工房だけ、というのはどうでしょう？」

　グリーニアさんの目が細められる。

「それは、現在の工房の状況を憂慮してのことでしょうか？」

「ま、まあ、そんなところです。はい」

「ですが、それは浅知恵ではないのですか？　そんなことをしても、レシピを公開すればいずれは漏れる」

　あ、そうなるのか。じゃあ、どうにか手段を考えないと。

「うーん。では、レシピを渡した工房以外、はちみつポーションの取引を行わないということを、フリーダの議会で決めていただくというのは？　免許制みたいな感じで」

　僕がそう提案すると、グラドさんが訊いてくる。

「私は構わないが、君は何故そこまでしようというのかね？」

「いやー、その、実を言いますと僕にもちょっとした事情がありまして……」

「私はほかならぬ君の頼みだ。それで調整してもいい。だが」

　ギルドマスターやらギルド代表やらを見る。

「それ、冒険者《ダイバーズ》ギルドとしては難しいかなぁ」

「どうしてですか？」

「冒険者《ダイバーズ》ギルドは冒険者《ダイバー》へポーションがよく行き渡るように推し進めているから、そんな風に限定しちゃうと政策に反するっていうかね」

「あ、じゃあギルドマスター。この条件が飲まれなければ、僕はアレをこの先一切作らないっていうのはどうです？」

アレとはお祭しの通りゴールドポーションのことである。あれを作らなくなったら冒険者《ダイバー》たちからの突き上げでもう困るどころの話じゃないから、こうして交渉材料にできるというわけだ。もちろん、条件を呑まざるを得ないってことはわかってるから言うんだけどね。

こういうの、諸刃《もろは》の剣だけど――

「……君は僕に脅しをかけるのかい？　ふ、ふふふ、これは面白いね。あはははは！」

「あはははー」

僕もギルドマスターと一緒な感じに笑って、適当に誤魔化そうとしていると。

「あ、そういえば貸しを返せって方にはもっていかないんだ？」

「あれはいざってときに使いたいので取っておきまーす」

「それは怖いね。あはははは！」

ギルドマスターってなんかずっと笑ってる。笑い上戸な人なのか。ちょっと怖いなぁ。

するとギルドマスターは息をふうと吐き出した。

「いいよ。僕も前からポーションの問題は結構気にしてたんだ。冒険者《ダイバー》のこと気に掛けるばかりで、工房の方はちょっとマズいことになったかなって。そうだね。確実に取引される商品を取り扱うことができるなら、この問題も解決されるかな」

「良かった。じゃあ」

「僕も反対したいけどそう言われたらなー。どうしようもないなー。ってことでいいよ」

「やたっ」

上手いこと通った。

おかしな条件になったけども、これなら大手の方に損害が出るということもないはずだ。

はちみつポーションとポーションの違いは、苦いか苦くないかだけだ。だから販売に関しても普通のポーションと競合はしないため、住みわけは可能なはずだ。いずれにせよポーションの需要は供給を遥《はる》かに超えて多いのだから、苦いポーションが買われなくなるということはないだろう。はちみつポーションも原価と手間賃で普通のよりも少々お高くなるだろうし。

いやまあ、販売先が新規開拓できるってことだけでかなりすごいだろうけどもさ。

あとはパワーバランスの問題だと思う。その先は僕知らない。神様にやれって言われたからやったんだし。責任持てませんよ。

とまあ、決着しそうだったそんな折だ。

「ポーションギルドは断固反対する」

ポーションギルドの代表さんが、断固抗議の声を上げたのは。

「えー！　ちょっといま決まるノリだったじゃないですかー」

「何を言うのかね君は。そのポーションを大手の工房でも作ることができた方がいいではないか。生産量が増えれば、それだけそのポーションの恩恵に与《あずか》れる者も出て来るのだぞ？」

「だから小規模の工房の生き残りがですね」

「それは工房の努力が足りんのだ。一顧だにするものではない」

「うわ、それマジで言ってるんですか？」

ちょっとすごいこと言ってるよ。完全にブラックな口ぶりだ。

あれか、もしかして大手工房との癒着《ゆちゃく》があるのか。癒着ってるのか。

「そうでなくとも、いちマイスターが条件を付けるなど——」

ギルド代表が、ぶつぶつとお説教モードに入る。

どうしよう。困ったものだ。このおじさん、難癖付けてさっきの条件を取り消したいらしい。大手がはちみつポーションを作ることで、小規模の工房が潰れることはないだろうけども、それでは折角の生き残り作戦が台無しだ。

……あ、そう言えば、こっちに転移する直前に、トーパーズさんが最後の手段に使えって言ってたことがあったっけ。もし言うこと聞かないような状況だったら、こう言えと。わかるヤツがいるからと。

神様が言うくらいだから、きっと大事《おおごと》だろう。なんか内容はすっごく妙なんだけどね。

「これで頷《うなず》いとかないと困ることになると思いますけど？」

「な、なんだその物言いは！　私に何かすると⁉　脅そうと言うのかね⁉」

「いえ、これを言ったのは僕じゃなくてですね」

「一体どうしたと言うのだ！」

「ひょえっ！」

怒鳴られてびっくりした。

すると、見かねた先輩が仲裁に入ってくれる。

「ポーションギルド代表、落ち着け」

「何を言う！　あのガキはポーションギルドの代表たるこの私にあんなことを言ったのだぞ⁉　いくらドラケリオン殿の言うことでも……」

「いいから黙れと言っているのだ！」

先輩が、ガオーン的な必殺技に匹敵するどデカい咆哮《ほうこう》を上げた。

もちろん、そんな必殺技クラスの怒鳴り声を上げられたポーションギルドの代表は、一瞬で青くなる。

　先輩頼もしい。ほんと惚《ほ》れる。

「それでクドー、一体どうした？」

「はい、えっとですね。とある方から、どうしても聞き入れてくれないときは、『俺の言葉』を聞かせてやれと」

「それは……」

「はい。まあ、そういうことで、ひとつ」

　先輩の顔色が変わった。それを誰が言ったのかがわかったからだろう。

　この前、先輩と異世界から来てるってお話したたし、そのときちょうど神様のお話もしたし。そんで、他種族は創造した神様とそこそこ会えるらしいし。

「で？」

「獣頭族《じゅうとうぞく》の方なら判るって話なんですけど」

「俺か」

「はい先輩。なんかその方からは『貧乏ゆすりするぞ』って言われました。獣頭族の誰かしらはいるだろうから、伝えとけって――」

「貧乏ゆす……ッ!?」

　僕がトーパーズさんの言葉を伝えた途端、ライオン丸先輩の顔色がさらにガッツリ変わった。

そして、

「――クドー!!　それは本当か!!」

「ひぃ！　ごめんなさいぃぃいいいいいいい！」

先輩お願いですから僕に向かって吼《ほ》えないでこわい。

「嘘なのかっ!!」

「いえいまのごめんなさいは嘘ついたからのごめんなさいじゃなくて、びっくりして口から飛び出しただけのごめんなさいです！」

「なら、本当なのだな？」

「え、ええ。はい。その方はそういう風に笑いながらおっしゃられまして……」

「そうか……」

「あの、先輩？　これってどういうことなんです？」

「まあ、いろいろとな。マズいんだ」

先輩はそう言って、すぐに他の審査員たちに声をかける。

「ギルドマスター、それにグラド議員、この件は絶対に通して欲しい」

「僕はそのつもりだけど」

「はちみつ味を作り出してくれた恩人の頼みだ。異はない」

二人は了承してくれたけど、やっぱりポーションギルドの代表は反対したいらしい。

先輩に対し及び腰になりつつも訴える。

「だ、だからそれはポーションギルドとして認められないと何度も……」

「そうやって頑《かたく》なな態度を取っていれば、最悪フリーダが壊滅するぞ？　もしそうなったら貴様はその責任を取れるのか？」

「は……？」

え？　なにそれ壊滅とか超穏やかじゃない。

一方、先輩の言葉を聞いたグリーニアさんの顔が、めちゃくちゃ険しくなる。

「ドラケリオンさん、まさか、その貧乏ゆすりというのは、もしや」

「ああ。そういうことだ」

「なるほどな。そういうことか。それならいろいろと納得だ」

「うわー、ヤバいねそれ。借りとか貸しとかの話どころじゃなくなったよ」

いや、だからどういうことなんですか先輩。僕にもちゃんと説明して欲しいですマジで。

…………とまあ、そんなわけで、結局この件に関しては先輩が有無を言わさなかった。

ギルドマスターに始まり、先輩、グリーニアさん、グラド議員、なんか他種族の人はみんなその『貧乏ゆすり』に心当たりがあるらしく、最終的には鬼気迫る形相でギルド代表を頷かせた。

あれだ。武力的な脅しである。やっぱ武力ってすごい。こわい。

僕の発表はそんな波乱な感じで終わって、その後はつつがなく終わった。

品評会の結果だけど、結局ミックスポーションを作った青年ポーションマイスターが一位を取った。

ラメルさんは別枠の技術賞。

僕は回復量の関係上、四位入賞である。

だけど、

「――ポーションマイスター、クドーアキラ！　本当にありがとう！　全ての怪着族を代表して礼を言う！　みんな、彼に惜しみない拍手を！」

結果発表時にグラドさんが出てきて、全力で僕を称えてくれた。

会場からも、今日一番の拍手をもらったので、気恥ずかしかったけど。

……でもよくよく考えると、はちみつ味にしただけだから、そんなにすごいことをしたようには全然思えないんだよね……。

第26階層　うんのわるいひとたち

この日僕は、なんていうかすごく不良っぽい人たちに絡まれていた。

もちろん現代日本じゃなくて、異世界でだ。

今日は迷宮《ダンジョン》での冒険をせずに、フリーダの街中をぶらぶら散策していたんだけど、突然顔が怖いお兄さん二人組が僕の前に立ちはだかって金の無心をしてきたのだ。いわゆる恐喝行為というヤツである。

しかもここって異世界だから普通に刃渡り数十センチの武器とか持ってるし、危機感とかパない。マジで生命に直結する。

「おいおい兄ちゃん。ちょっと金貸してくれや」

「俺たち金欠で明日をも知れない身の上でな？」

明日をも知れない身の上ならば、こんなことせずに日雇いのアルバイトでもすればいいのに。どうしてこんな犯罪行為に走るのかこの人たちは。駆け出したって行き着く先は後ろ暗い場所か牢屋の中って相場が決まってるのに。まあ楽だからとか、他に稼ぎ方を知らないからとかいう理由なんだろうけど。

ってていうかこういうのも珍しい。僕ってあまり絡まれるようなタイプじゃないはずなんだけど、今日はなんか目に付いたのだろうか。それともお金持ってるように見えたのか。

あ、絡まれる絡まれないの話で言うと、フリーダ路地裏の城砦街《カオルーン》は別ね。あそこは入ったら誰だって絡まれるからカウントしない。絡まれそうになったら即魔法で撃退だ。あそこの連中は雷当てても構わないって僕の脳内で勝手に解決してるからその辺はＯＫ。

「聞いてんのか？　あぁん？」

「おいなんか言ってみろよ？　おぉん？」

「ひゃ、ひゃい！　聞いてませんよ！　全然まったくこれっぽっちも！」

「って聞いてねぇのかよ！」

「はい！　恐喝するような人たちの話は聞かないようシャットアウトしているので！」

「お前舐《な》めてんのか!?」

「うひゃあ！　怖い顔しないで！　ドスの利いた声も出さないで！」

びっくりして顔を手で覆い、そのうえ叫び声を上げる僕。こういうのはいくらレベルを上げて強くなっても慣れないよ。大きな声を出されたら怖いし、強面《こわもて》に迫られたらすごく怖い。度胸ってどうしたら得られるのだろう。やっぱりその辺は異世界転生とかしないと得られないスキルなんじゃなかろうか。

そんな風に、絶賛恐喝に遭って泡を食っていた折のこと。

「――おい」

彼らの後ろの方から、やたらドスの利いた声が聞こえてきた。

聞くに、声は女の子のものだ。声自体は可愛《かわい》らしいけど、怒っているのか声質はだいぶ低い。そんでもって何がヤバいって殺気がヤバい。敵意むき出しのスクレールの殺気レベルに匹敵するほどの殺気が、こっちの方向に向けられている。

恐喝お兄さんたちはすぐに振り向いた。

「な、なななんだぁテメェはぁ？」

「お、おおお俺たちになんか用かよ？」

向けられている殺気のせいで、恐喝お兄さんたちの態度が一気に情けなくなった。

声は震えており、やたらめったら上擦っている。膝もいまの僕みたいにガクガクだ。生まれたての小鹿みたい。腰が抜けなかっただけ上出来だ。

いや、それも仕方ないよ。だってこの殺気がとんでもない。だって正面から熱風レベルの何かが吹き付けてきているのだから。ビリビリというかヒリヒリするよ。気を張ってないと卒倒するレベルできつい。

恐喝お兄さんたちの間から奥を見る。

しかしてそこにいたのは、エルドリッドさんだった。

ところどころ跳ねたクセの強いゴールドカラーの長髪を持った、僕と同じくらいの年頃の少女。いつもはお高そうな鎧《よろい》を身にまとっているけど、今日は外へお出かけのためか騎士っぽい装束姿であり、背中には某竜殺しもかくやというほどのおっきな剣を一振り差している。そんな身の回りに反して、頭にはぺたんとした犬耳を生やし、お尻の上にはこれまたふわふわの尻尾を生やし……という、ファンタジー系の物語ではいわゆる獣人と言われるタイプの見た目をしている。

エルドリッドさんは恐喝お兄さんたちに、もう向けるだけで何人でも殺害できそうな眼光を送っている。

「お前ら、オレのツレに絡んでなんのつもりだ？」

「な、なんのつもりって、そんなの決まってるだろ！」

「も、文句あんのかよ！　俺たちは泣く子も黙るアーテウマー一家の……」

「あぁっ？」

恐喝お兄さんたちは威勢良く返すけど、そんなものエルドリッドさんに通じるはずもない。一瞬で眼光に射抜かれた。

「ひっ――決まってます！」

「何か文句あるんですか！」

晒《さら》された恐喝お兄さんたちは、真《ま》っ直《す》ぐ気を付けをして言葉遣いもすごく丁寧《ていねい》になった。

強い者にはへりくだらなければならないっていう意識が、遺伝子レベルで刻み込まれているらしい。

「別に文句なんてねえよ。ただな――」

エルドリッドさんは息を吐いてそんなこと言うけど、さっきよりも殺気はマシマシだ。マジで圧力が強まった。ちょっと僕の方も苦しくなってくるレベル。

そんでもって、どうやらエルドリッドさんは剣を抜いたらしい。見えなかった。すんごいスピード。その速度のせいなのか、威力のせいなのか、なんかよくわからない不思議パワーのせいなのか、剣の軌道のその先にあるものがそれこそ「ドカーン!!」っていう大きな破壊音を立てて吹き飛んだ。レベル48ってまじこえー。

「真っ二つなんて生ぬるいな。粉々になって消し飛ぶか？　ん？」

「ひょえ」

あ、いまのは僕の悲鳴です。だってコワイもん。そんな脅し文句自分に向かって言われたもんなら即気絶するよ。自信があるね。胸張れるよ。

エルドリッドさんは僕が情けない声を上げたのを聞いていたのか、眉をへの字にする。

「……な、なんでクドーがビビるんだよ？」

「だ、だって怖いし、びっくりしたし」

「これくらいのことがそんなに驚くようなことか？」

「これくらいって、これくらいのことするると人って一瞬で失神するんだよ？　ほら」

「え？　あ、うん」

恐喝お兄さんたちに目を向ける。彼らは立ったまま失神していた。

器用なことしてるなー。すごいなー。僕には真似できないやー。なーんてバカにはできない。レベル48にもなれば殺気っていう形而上《けいじじょう》概念も、指向性を持った非殺傷のレーザービームと同等だ。そりゃあまともに食らい続けたらこんなにもなるよ。ストレスヤバすぎて胃とかマッハで癌《がん》になりそう。転移もしそう。ステージ4とか超余裕でなりそう。余波を受けて倒れなかった僕を誰か褒めて欲しいくらいだ。物品的なご褒美があればなおグッド。

ともあれ、僕はエルドリッドさんにお礼を言う。

「エルドリッドさん、ありがとう。助かったよ」

「べ、別に助けたわけじゃねえよ。こいつらが気に食わなかったってだけだ。それにオレがどうにかしなくても大丈夫だっただろ？」

「まあねえ」

僕は面映《おもは》ゆそうにするエルドリッドさんに、素直に頷《うなず》く。

僕に絡んできたのは、地上《フリーダ》をうろついているただのチンピラだ。迷宮《ダンジョン》で活動している不良冒険者《オレンジダイバー》ならともかくだけど、こいつらのレベルは平均5程度高くて7以下ってところ。

もはや戦闘技術とか要らないレベルで『レベル差』っていう理不尽で圧倒できるのだ。身体《からだ》がゴムでなくても万歳しただけで弾《はじ》き返せるくらい「効かーん」できる。

ふと、エルドリッドさんがものすごく変な顔を見せた。

「……なのになんでビビッてたんだよ」

「だって顔怖いし。僕ってもともとっていうかいまも絶賛小市民だから」

僕がそう言うと、エルドリッドさんはどこか不満そうに顔をゆがめる。

「……『大猪豚《ビッグビッグ》』のときはあんなにかっこ良かったのに」

「うん？　なにか言った？」

「な、なんでもない！　何も言ってない！」

「……？」

僕が訊《き》き返しても、エルドリッドさんは答えてくれず。さっさと話を切り上げた。だって小さな声過ぎてマジで聞こえなかったんだもん。何を言ったんだろうか。やっぱり男のくせに情けないとかそんな話だったんだろうか。かなしみ。

「でも、ギルド以外で知り合いに会うのは久しぶりだよ。この前のポーション発表会くらいかな？」

「――え!?　クドー!?　お前知り合いがいるのか!?」

「え？　いやいや、いくら単独《ソロ》でもそりゃいるよ」

なんかぼっちと思われてるのはちょっとショックだ。つらみ。

「そ、そうだな。当たり前だよな。いないわけないよな……悪い」

「いや別にいいけど。僕の立ち回りも悪いわけだし」

それでも、一応知り合いは沢山できたし、友達だっているのだ。こっちではミゲルとかスクレールとか。現代日本ではヒロちゃんとか高河野《こうがの》くんとか丘留《おかどめ》くんとかだ。ぼっちじゃないぞ。

「えっとその、その知り合いっていうのは男か女か？」

「女の子だけど」

「女だって⁉」

エルドリッドさんが唐突に叫び出す。尻尾もピーンだ。一体どうしたのか。

「う、うん……そうだけど？」

「な、仲はいいのか⁉　どうなんだ⁉」

「えっと、友達……ではないかな？　お仕事上の知り合いというか、そんな程度の知り合いだよ」

「そ、そっかぁ。良かったぁ……」

何が彼女をそんなに安堵《あんど》させたのか。エルドリッドさんは胸を撫《な》でおろす。

ラメルさんはこの前会ったので二回目だけど、友達というよりは仕事上の取引相手、ポ

ーションマイスターの先輩だ。友達と断言してしまうのはやっぱりちょっとおこがましい。

というかエルドリッドさん、今日はなんだか感情の起伏がすごく激しい気がする。

そんな中、エルドリッドさんが真面目な顔をして、顔を近付けてきた。

……僕の服とか、身体とかに。

「くんくん」

「あの……」

「くんくんくんくん」

「ええっと……」

エルドリッドさん。またワンコみたいなことしてる。

僕の匂いが気になるのか。鼻先を近付けてくんくんくんくん匂いをお嗅ぎになっている。

学校から家に帰ってから一度シャワーを浴びたから変な臭いとかはしてないはずだけど。

何か気になる匂いでも発していただろうか。

匂いを嗅いでいる中も、エルドリッドさんは尻尾ふりふりさせている。ダメだ。これ、破壊力がかなり高い。近付かれるとなんか妙に焦る。美少女とケモ耳尻尾の組み合わせはやっぱ卑怯《ひきょう》すぎるよ。

「エルドリッドさんエルドリッドさん！　ちょっとさすがに！」

「ん？　ああ、悪い!!」

彼女はそう言って、僕から離れる。

なんていうか恥ずかしいのは彼女もだったようで、僕と同じく顔を赤くさせていた。

「えっと、なんかよくわからないけど、匂いは大丈夫そう？」

「え？　あ、うん。問題ない」

「一体どうして急に」

「いや、あの、なんていうかちょっと気になったからで……」

「？？？」

やはりさっきのように「良かった……」と言って胸を撫でおろしていた。なんなのか。何が大丈夫だったのか。思わせぶりはやめてはっきり教えて欲しい。

「クドー、今日は迷宮《ダンジョン》に行かないのか？」

「うん。ちょっと街に用事がね」

「フリーダの街に用事ってことは、買い物か？」

「そうそう。あっちにあるんだけどね――」

そう言って、フリーダの西側に人差し指を向ける。僕は今日、あっち側に用事があるのだ。

すると、エルドリッドさんはぽかんとした表情を見せる。

「え？　あっち？」

「そうそう、あっちあっち」

「お前、フリーダのあっち側って……」

エルドリッドさんは僕の指し示した方向に視線を向けると、突然焦ったように怒り出した。

「あ、あ、あ、あ、あ、あっちってお前！　色街のある方じゃねえか！　お前まさか！」

「え？　いや、いやいやいやいや！　確かに色街があるのはそうだけど！　目的はそこじゃなくて！　別のところ！　そっちにあるお店！」

「そっちにあるお店って、まさかいかがわしいアイテムを売ってるようなところか！」

「そうじゃないそうじゃない！　そんな電気街的な場所の近くにあるようなアダルトグッズを売ってるお店じゃなくて！　もっと健全なものを買いに行くんだって！　ピンクな妄想を暴走させないで！」

僕が一生懸命釈明というか否定をすると、エルドリッドさんは勘違いをわかってくれたのか。

「え？　あ、そ、そうか！　悪い……オレの早とちりだった」

「わかってくれて何よりだよ……いやもうほんとにさ」

ここで誤解されたままだったら、エルドリッドさんに変態認定されるところだ。いや、色街を使うお兄さん方がみんな変態になるから、変態認定はないだろうけど。

「さっきも言ったけど、向こうにちょっと行ってみたいお店があってね。これから向かうところだったんだ」

「それでさっきの連中に絡まれたってわけか。フリーダの盛り場は早い時間でもああいうのがいるからな。絡まれるのが嫌なら気を付けた方がいいぜ？」

「あー、それでなのかぁ。こっちに来てから絡まれるのって中央の路地裏に入ったときくらいだから、びっくりしたよ」

「っていうかお前、城砦街《カオルーン》の路地裏に入ったことあるのか？」

「あるよ？　師匠に拉致されたときとか、近道したいときとか……あと、ものすごく悪いヤツをぶっ倒しに行ったときとかね」

「悪いヤツ？」

「うん。黒い毛並みを持ったごつい虎タイプの獣頭族《じゅうとうぞく》。あいつはこの世に存在しちゃいけなかったからさ」

「この世に存在しちゃいけないって……」

当時のことを思い出す。あれは僕がフリーダに来れるようになって、少し経《た》ったときのことだ。路地裏に迷い込み、その黒い虎と遭遇した。僕の悪人センサーが反応するほどの悪党で、本当に滅茶苦茶強かった。それこそまったく手も足も出なかったくらいだ。まあ魔法を使えるようになってから日も浅いってことも理由の一つだろうけど、それでもいま戦っても苦戦することは間違いない。

そのときは師匠に助けてもらって事なきを得て、そこから厳しい修行の末、リベンジしに行ってぶっ倒したという経緯がある。僕が強くなったエピソードの一つでもある。

ふと気付くと、エルドリッドさんは硬い表情をしていた。

「く、クドー……？」

「え？　あ、うん。そんなところそんなところ」

「あ、ああ……なあ、いまお前」

「なに？　どうかした？」

「い、いや。何でもねえ。忘れてくれ」

どうかしたのか。変な顔でもしていたか。いまはちゃんと無表情を貫いていたはずだけど。

ふとエルドリッドさんは何かに気付いたように、神妙な表情を見せる。

「……なあクドー、その黒い毛並みの獣頭族ってもしかして『黒曜牙《オブセスオルド》』って異名のヤツだったんじゃねえか？」

「あ、エルドリッドさん知ってた？」

「城砦街《カオルーン》じゃ有名だったって話だからな。あいつはお前がやったのか……」

続けて、「ぐちゃぐちゃにしてきた」と言うと変な顔をされた。なんか表現悪かっただろうか？

「エルドリッドさんはこれから迷宮《ダンジョン》に？」

「いや、特に予定はねえよ。単に街をぶらぶらしてたんだ。そしたらクドーが絡まれてるのを見つけてさ」

「そうだったんだ。いや重ねてありがとうございます」

「別にいいって。それに前はオレが助けてもらったんだ。お互い様だよお互い様」

そう言ってもらえるとありがたい限りである。

「なあクドー、良ければオレも一緒に行ってもいいか？」

「いいよー」

そんな軽いノリで、今日はエルドリッドさんと一緒に行動することになった。

歩きながら、お話をする。って言っても、普段は何をしてるだとか。好きな食べ物はなんだとか。そんな他愛ない話だ。焼いたお肉が好きだとか。普段から鍛錬を欠かさないとか。そんなん。

僕たちはそんな話に夢中になって、一本違う道に間違って入ってしまった。

そこには、やたら露出が多いお姉さんとか、それを求めてきた冒険者《ダイバー》だとかがいた。

なんていうか全体的にピンク。ネオンとかはないけど、なんか雰囲気とか空気が他の通りとはまったく違う桃色に見えてしまう不思議。下着みたいな恰好《かっこう》で出歩いているお姉さんとかマジヤバい。エロい。

「こ、ここここういうところって昼からでもこうなんですか!?」

「ま、まままああ迷宮《ダンジョン》には夜に潜るっていうヤツもいるからな！」

「そ、そそそそそうですよね!?　いつでもお店に入《はい》れるようにしないと入《い》れられないですよね!?」

「ばっ!?　お前なに露骨なこと言ってんだ！　入《はい》れるとか入《い》れるとか言うなし！」

わたわたどぎまぎ、二人でびっくりどっきりだ。僕は動きがカチコチになるし、エルドリッドさんなんか犬耳と尻尾がピーン状態。そんな感じでぎこちない動きのまま、急いでもとの道へと戻る。

やがて、目的の店を見つけた。

「あそこだよ。あそこ」

「あそこって……もしかしてブラシ屋か？」

「そうそう。迷宮産のいいのがあるって聞いてね」

「へえー、こんなところにブラシ屋があったのか。オレも結構マークしてるんだけどな」

エルドリッドさんは知らなかったらしい。というかブラシ屋よく行くのか。

ともあれ、お店の看板にはブラシ屋の文字とブラシのイラストが描かれている。

そんな中、ふとエルドリッドさんが何かに気付いたような反応を見せる。

「く、クドー！　ここに寄りたいって、もしかして……」

「うん。ちょっと最近ペット？　のような動物が出入りしてるから、必要になったんだ」

「………………」

　僕が言うと、エルドリッドさんはすぐに真顔になった。

「エルドリッドさん？」

「い、いや、なんでもない。そうだよな。さすがにそれはいきなりすぎるよな……」

「……？」

　どうしたのか、よくわからない。

　でもちょっとテンションが下がっているようだ。

　ともあれ、僕がここに来たのはカーバンクルくんのためだ。ちなみに師匠の付けた「くつした」という名前は使ってないのはご了承あれ。そんでカーバンクルくん、常に僕のところにいるってわけじゃないけど、現代日本にも頻繁についてくるので、その辺いろいろお世話とか環境作りとかしなくちゃならない。ごはんにトイレ、寝床に爪とぎ、毛並みを整えるブラシも必要になったわけだ。もう家では完全に猫ちゃんである。

　ちなみにカーバンクルくん、野生どこ行ったたってくらい人懐っこいから家族にも人気だ。現代世界には存在しないめちゃくちゃ不思議な生物だけど、その辺りは「ヒロちゃんのヒーローチームの新しいマスコット候補」という半ば無理やりな理由で押し通した。それを疑いもしない僕の家族も家族だけどさ。

そんなこんなで、店内に入って中を見て回る。

店の中にはこれでもかっていうくらいに沢山の種類のブラシとか櫛《くし》とかが置いてあった。こんなに種類必要なのかとも思ったけど、やはり需要はあるのだろう。特に獣頭族や尻尾族の人はブラシとか、毛に付ける油にもこだわるらしいし、その点日本とは比べ物にならないのだろうと思われ。

お店の奥の方に行くと、いくつかガラスケースに収納、展示されていた。

「うわー、お高ーい」

ケース内にあるのは、どれもこれも高額な商品だ。

中でも一番お値段張るのは、『芙蓉馬《ミユータブルホース》』のたてがみを使って作ったブラシだった。これはこの前のポーションの品評会で、チーム『勇翼《ブレイブウィング》』の魔法使い、グリーニア・リアテイルさんが使っていると言っていたもので間違いないだろう。

「ひえー、金貨二十枚って値段設定結構エグくない？　超強気」

「いや、相応だと思うぜ？　『芙蓉馬《ミユータブルホース》』のたてがみは加工にかなり手間がかかるらしいし、まあそうでなくてもコイツは迷宮深度40に出てくる希少な魔物だからな」

「あー、そうだよね。高深度階層であんまり姿を見せないからかー。高くなるわけだ」

僕は最近、その階層に入ったりしてるけど、その『芙蓉馬《ミユータブルホース》』はいまだに見たことがない。モンスが多く出るところは基本的に足を運ばないから、それもあって見る機会に恵まれないいんだと思われる。

「僕、あそこのモンスって基本『狼野郎《ルガルガ・ルー》』しか見ないからねー」

「お前、一人であんなところも行くのか？」

「うん。できるだけモンスに遭わないようにしながらね。真珠豆《しんじゅまめ》が欲しいから定期的に入ってるよ」

「真珠豆？　あれあんまり、自生してないだろ」

「僕には狩場があるんだよ。そこに行くにはさっき言った『狼野郎《ルガルガ・ルー》』が邪魔だけどね」

「あれもそこそこな相手だろ？　魔法使いだとやっぱ面倒なんじゃねえか？」

「『狼野郎《ルガルガ・ルー》』？　アイツら呪文を唱えれば耳を塞いで逃げてくよ？」

その呪文っていうのは数学の計算式の暗唱なんだけどね。たぶん英語のリスニングでも効果があると思われ。

「しかし金貨二十枚……ハイグレードマジックポーション四つ分かぁ。これで『白角牛《ホワイトホーン》』のステーキが四枚食べれるよね」

「あー、『白角牛《ホワイトホーン》』のステーキはオレも最近食べてないなぁ」

「あれ、おいしいよね」

「ああ。うまいよな」

エルドリッドさんと二人、好きな食べ物の話題で盛り上がる。

そのあと、「どれがおすすめ」「なら、これだな」っていう感じでエルドリッドさんにブラシのおすすめを聞いて、そのブラシを手に取った。お値段もお手頃で、ブラシの刷毛《はけ》部分の触り心地も良さそう。

「エルドリッドさんは何か欲しいのとかはあるの？」

「え？　オレか？　オレはこれ試してみたいなぁ」

エルドリッドさんはそう言って、『飛び鼈甲《フリスビータイマイ》』の甲羅で作った櫛《コーム》を指し示す。綺麗な細工もしてあって、値段がお手頃な割には作りが凝っている。

「じゃあこれも買っちゃおっか」

「これもって……いいのか？」

「うん。今日のお礼だと思ってよ」

「え、あ……ありがとう」

僕が櫛《コーム》に手を伸ばすと、エルドリッドさんも自分で取ろうとしたのか、手と手が触れ合ってしまう。あんなおっきな剣を使うのに、指は細くてしなやか、すべすべだ。

「わ、わわわわわわ!?」

すると、エルドリッドさんがびっくりしたように手を引っ込めて、ピーンと尻尾を立てる。

しかも身を引いたせいでその場でよろけて、バランスを崩したのか、僕の方に倒れ込んできた。

「ちょ、うっぷ！」

「い、いたた……」

僕は自分の身体でエルドリッドさんの身体を受け止める形となる。鎧を着ていたらちょっと痛かったかもだけど今日は騎士装束だ。だからなのか、柔らかい部分がダイレクトに伝わる。むにゅんとか、ふにゅんとか、そんな擬音が付きそうな感じだ。

「わ、悪い！」

「いえ！　大丈夫です！　全然！　全然問題なし！」

「い、いますぐ退《の》くから！　えっと、あっと、うわっ！」

エルドリッドさんは僕の上でわたわた。そのせいで、僕の胸の上で、女の子の胸部に標準搭載されている柔らかい物がふにゅんふにゅんと暴れ回る。

それのせいか、僕も緊張して上手《うま》く動けない。

それに、こういうのって下手に動くとおかしなところを触っちゃう危険性があるから、まずはエルドリッドさんに立ち上がってもらわないといけないのだ。

「まずは落ち着こう！　一緒に深呼吸！　深呼吸！」

「わかった！」

すーは、すーはと、二人して深呼吸をする。僕らは一体何をしているのか。

まずエルドリッドさんが立ち上がって、僕も助け起こされる感じで立ち上がる。

落ち着いたら落ち着いたで、さらに恥ずかしくなるのは冷静さを取り戻したためか。

そんな感じでブラシと櫛《コーム》をすぐお買い上げして、そそくさと店を出る。

出しなに店員さんが温かい笑みを向けてきていたのは、僕たちのドタバタを見ていたためか。

「……歩こっか」

「お、おう……」

なんかさっきのあれのせいで、ちょっと恥ずかしさが抜けない。

でも、なんかこういう雰囲気も悪くない。

そんな風に思っている中、エルドリッドさんが声をかけてくる。

顔を見ると、さっきの余韻がまだあるのか、顔は赤くなったまま。

「あ、あのさ！」

「え？　う、うん。どうしたの？　改まって」

「そのな？　クドーはいつも、オレのことさん付けしてるだろ？　だからその、もう少し砕けた呼び方でもいいんじゃないかって思って……」

「そっか。じゃあなんて呼ぼうかな」

「親しいヤツは、エルって呼んでるんだ」

「わかった。じゃあエルで。僕のこともアキラって呼んでよ」

「ああ！」

話がまとまると、エルドリッドさんは尻尾ふりふり。

こうして距離が縮まって喜んでくれると、こっちも嬉《うれ》しい。

すると、エルドリッドさんは恥ずかしそうにしたままこっちを見る。

「それと、もし良かったらさ、今度も一緒に――」

そんな風に何かを言いかけていた折だ。

「見つけたぞ！」

突然、僕たちの後方からそんな声が飛んできた。

その声には聞き覚えがある。というか、さっき聞いたばかりだ。

振り向くと、そこには先ほど僕に絡んできて最終的には失神した恐喝お兄さんたちがいた。しかも、後ろに多数の悪そうなお兄さんたちを連れている。すごい数だ。目算でも二十人から三十人くらいはいる。さっきナントカ一家がどうとかって言いかけてたけど、その連中を連れてきたんだろうと思われ。すごくお早いお礼参りだ。特急快速みあるね。

彼らはすぐにこっちに近付いてきた。

やがて後ろに立ちはだかると、その中から一人の大柄な男性が出てきた。

「アニキ！　こいつらがそうです！」

「おう、そうか。このガキどもか」

さっきの恐喝お兄さんの一人が、その大柄な男性に対し遜《へりくだ》るように声を上げる。

一方で大柄な男性アニキさん（仮称）は、手をポキポキ鳴らしながら威圧してくる。

「お前らが、俺の弟分に舐めた態度を取ったっていうガキか？　随分な真似してくれたじゃねえか。ん？　お？」

アニキさんは僕たちに顔を近付けながら、すごいお決まりのセリフが飛び出してきた。関節ポキポキさせる初《しょ》っ端《ぱな》のクラッキング的なムーブといい、ボキャ貧ここに極まれりである。

すると、かなしい取り巻きと化した恐喝お兄さんの一人が、さらに太鼓持ちに変貌した。

「アニキはな！　レベル15もあるここらじゃ負けなしの男なんだぜ？」

「いいか？　俺たちにもメンツってもんがあるんだよ。テメェらみたいなガキどもに舐められっぱなしじゃいられねえんだ」

「ははははは！　これでお前らも終《しま》いだぜぇ！」

なんか、そうらしい。確かにアニキさん見た目は怖いけど、全然まったくすごさは感じられない。だってレベル15だし。言っちゃ悪いけど、あんまり強くない。

一方でエルドリッドさんは俯《うつむ》いたままだ。震えている。これは僕みたいに恐れをなして、震えているんじゃなくて、もっと違う理由でだ。そう、言うなればこれは嵐の前の静けさ。どうしてかはわからないけど、なんかすんごく怒ってる。

僕やエルドリッドさんが何も話さないでいると、彼らは何を勘違いしたのか気分良さそうにニヤニヤしだす。

「なんだ。怖くてビビッてるのか？」

「え？　あ、ハイ。ビビってます。いま僕すんごくビビってます。それこそ人生でこれまでにないくらいには」

「は――いまさらかよ。もう謝っても遅いぜ？」

うん、この人どうやら完全に勘違いしているようだ。僕がビビってるのは確かだけど、そのビビっている対象っていうのは、激烈な怒りを身の内に秘しているエルドリッドさんにであって、あなたじゃない。普段は怖い顔でビビり散らかす僕だけど、そんなこともうどうでもいいって思えるほどだ。だってそうだ。僕の隣には、いまにもタイムリミットに達しそうな時限爆弾があるのだ。確かにもう謝っても遅いだろう。カウントダウンはもうどうしたって止められないのだから。絶対ぐちゃぐちゃにされるだろう未来は避けられない。

わなわなと震えていたエルドリッドさんが、口からうら低い声を出す。

「テメェらぁ……」

「あ？　なんだって？　何か言ったか？」

「折角いい雰囲気で一緒に楽しく歩いてたってのに……」

「は？」

「あ、エル。僕ちょっと離れておきますねー」

「……おう」

僕は攻撃の余波という名の危険を察知して回れ右。そそくさと距離を取る。

ここで僕も一緒になって反撃……なーんてのはお邪魔だろう。よくわからないけど、この怒りはきちんと発散させなければならないというのは本能的に理解できた。不完全燃焼にさせてはいけない他にも危険が飛び火する。五、六軒くらい延焼しそう。軒じゃなくて件の字かもだけど。

むしろ僕の雷攻撃は相手をころころしちゃう可能性しかないので、レベルの高くない人間とか、魔法に抵抗力のない人間とかにはあんまり使いたくないというのが本音。

ともあれ、エルドリッドさんは爆発した。

もはや某野菜星人のスーパーなのとか、某ロボット格闘アニメのスーパーモードでもいい。

穏やかな心を持ちながら激しい怒りによって目覚めた伝説の戦士……っていう有名なセリフが思い浮かぶくらいに、赤色が滲《にじ》んだ黄金色のオーラを解放する。もうぎゅいんぎゅいんって音が脳内からセルフで再生されてるよ。某ナ○ック星の大気が震えて大地が揺れるだけのパートで、十五分とか二十分とか尺を使いそう。毎週水曜夜七時という野球中継と重なる魔の時間だったらしい。

エルドリッドさんからそんな感じでオーラが見える。いやその正体は、濃密な魔力と高レベル冒険者《ダイバー》にのみ許された異世界不思議パワーなどの強力なエネルギーの混合なんだろうけど。混ぜるな危険だ。

「テメェら全員覚悟しやがれ。お前らのナントカ一家は今日をもって全滅で解散だ」

エルドリッドさんはそう言うけど、正直解散とかで済まないと思われ。そりゃあ彼らの末路なんて想像を巡《めぐ》らせなくてもわかるよ。深度48【空中庭園《くうちゅうていえん》】のボス級《クラス》『嵐帝《ストームレイド》』をソロで倒せるエルドリッドさんの激甚《げきじん》な暴力によって、ぐちゃぐちゃにされる未来しかない。

南無三。

「そんなハッタリなんてこの俺に聞くとでも」

「ハッタリかどうか試してみるかよ……オレの『わおーんバスター』を食らいやがれ」

「わお……」

僕が妙な顔をしていると、エルドリッドさんの可愛らしいお口が開かれた。『わおーんバスター』とかなんかすんごく可愛らしい名前の技だ。こんな状況で飛び出して来るようなネーミングじゃない。

……………ん？　あれ？　そういえば前に似たような名前の技を聞いた覚えとかなかったっけ？

僕の疑問も余所《よそ》に、エルドリッドさんは一度大きく息を吸い込んだあと、会心の必殺技を解き放つ。

「わお――――――――――――――ん!!」

放たれたのは、とんでもない大声だった。セリフは子犬の遠吠えのように可愛らしいけど、それに声量がまったく釣り合っていない。大地を揺るがし大気を震わせ、周囲の建物とかの被害が心配になるくらいの振動が伝播《でんぱ》する。音波、振動、大声というかもはや指向性の音響兵器じゃなかろうかこれは。

しかしてその音波攻撃の対象になったのは彼女の正面にいた連中だ。一人二人じゃなくて団体様。その直線上というか範囲内にいた連中それこそ根こそぎ、ズタズタになって後ろの方へ吹き飛んだ。マジでマップ兵器。超こえー。

もう惨状はさながら超圧縮された台風とか竜巻を丸ごとぶつけたかのような感じだ。

そんなんを生み出すエルドリッドさんの肺とかどうなってるんだろう。やっぱりレベルアップの恩恵で超強化されてるのか。むしろ魔改造されてるまである。

エルドリッドさんは息を吐き出し切ったのか、また大きく息を吸い込み、再度吐き出す。

冬の寒い日でもないのに、真っ白な吐息が口から吐かれた。

「――さて、残りは半分ってところか？」

「ひっ――!?」

あ、これは僕じゃないです。アニキって言われてるヤツの悲鳴です。運が良かったのかそれともエルドリッドさんがわざと外したのか、さっきの範囲内に入ってなかったから生きてる。でも、それも時間の問題だ。いまエルドリッドさんの背後に激おこ状態のゴールデンレトリバーが見えるもの。

「お、お前は一体……？」

「オレか？　オレは冒険者《ダイバー》だ。ランクは54位。レベルは48だ」

「え、あ、う……」

声も出ない。そりゃそうだ。さっきもどこかで出た通り、フリーダの地上でブイブイ言わせているゴロツキやらチンピラのレベルなんて、所詮5～7程度。このアニキさんでも15あるらしいけど、まあ正直どんぐりの背比べ。一方でエルドリッドさんはこの世界の怪獣怪物とタメが張れるレベルな上、冒険者《ダイバー》ランクも高いという、僕と違って『向上心のある』冒険者《ダイバー》だ。天地がひっくり返ろうが、逆立ちしようが、世界が滅びに瀕《ひん》しようが、彼らが勝てるはずもない。

……っていうかフリーダって歩いていればそこら中に冒険者《ダイバー》がいるような街なのに、なんでこいつらこんなに不用意だったのか。どんな外見をしていても、実は冒険者《ダイバー》でした、なんてのはよくある話。そうでなくてもエルドリッドさんはでっかい剣を持っているのだ。それこそ冒険者《ダイバー》ですっていう看板背負って歩いてるようなもののはずなのに、どうしてこんな無謀な暴挙に出たんだろうか。

運の悪い人たちという言葉では済まされないほど迂闊《うかつ》だよ。

「な、なんで……なんでそんなヤバい奴《やつ》がこんなところにいるんだよ……」

「ここはフリーダだ。冒険者《ダイバー》なんて腐るほどいるだろ？」

エルドリッドさんはそう言うと、怒りをにじませた表情で言う。

「安心しろ。八割殺しくらいで勘弁してやる」

そして、大きな剣と鞘《さや》を紐《ひも》で結んで固定して、残りのナントカ一家の連中に突撃していった。

どっちが勝ったかって？　そんなの愚問だ。答えるまでもない。人間が宙を舞うっていう光景を久しぶりに見た。ぶっ飛ばされて星になるっていうギャグ的描写だったらまだ穏便だけど、当然そんなことになるはずもない。

……やがて～とか、しばらく～とかそんな副詞を付ける必要もない程度の時間で、ナントカ一家は全滅した。八割殺しと言った通り、死んでないし、でもほぼ死に体の状態。もう当分は悪いことできないだろうねってくらいには死屍累々《ししるいるい》。五体満足なだけ有情だろう。

「なんか、妙なことになっちゃったね」

「そうだな……」

エルドリッドさんは肩がっくり、耳ぺたん、尻尾だらーんの状態だ。テンション爆下がり。

「邪魔が入っちゃったけど、また一緒に街を回ろっか」

「あ、うん！」

急に元気になった。よくわからないけど元気になったら何よりだ。

じゃあ、今度いろいろ遊び回るところを考えなければいけないね。

前のスクレールのときみたいに、一緒に現代日本めぐりっていうのも悪くないかもだ。

第27階層　迷宮探索の〇〇〇〇事情

今日はスクレールと一緒にいる。

場所は迷宮深度20【黄壁遺構《おうへきいこう》】。そこの安全地帯《セーフポイント》だ。

……なんだけどね。ちょっとというか、かなりというか、もう滅茶苦茶緊急事態真っ只《まただ》中《なか》だった。

僕の目の前にスクレールがいるんだけど、彼女はしゃがみながら、スリットの入った衣装の前の部分をまくっていた。

まあそうなると、どういうことかというのは皆皆様にはおわかりだろう。

いろいろとイケない部分が見えてしまっているわけで。

「あ、あ、あ、あ、あ、あ、あ……」

「いやこれはそのなんていうか避けられない不可抗力といいますか！」

僕はそりゃあもう慌てて釈明する。

その間も、スクレールの顔は茹《ゆ》で上がったカニとかエビとかタコのように真っ赤になる。

湯気も出てる。

さて一体どうしてこんなことになったのか。

それを語るためには少しだけ時間を遡《さかのぼ》らなければならないだろう。


学校から帰って自宅で異世界に行く準備を整え、さあ今日もレベル上げのため、迷宮潜行《ダンジョンダイブ》レッツゴーという感じで正面ホールに突入した九藤晶《くどうあきら》こと僕。

そこでばったり出会ったスクレールと、食堂でしばらくまったりしていた。

「こくこく」

いま彼女が飲んでいるのは、甘橙《あまだいだい》の汁。いわゆるオレンジジュースだ。これは醤油、ク〇ールのコーンスープ、塩パンに続いて彼女のお気に入りらしく、時折僕の備蓄をご購入される。むしろ買ってきて欲しいと頼まれるほどだ。

いまはポン汁の800ミリリットルのペットボトルを傾けてゴクゴク。恐ろしく吸い込みがいい。

一方で僕は迷宮潜行《ダンジョンダイブ》の最終確認中である。本日潜る第2ルートで必要なアイテムを点検しつつ、在庫も確認。問題ないことが確認されたので、リュックにしまって準備完了。

「行くの？」

「うん。そろそろ行こうかなって」

僕がそう言うと、スクレールはまだ残っていた塩パンを口に放り込み、オレンジジュースで一気に流し込んだ。

「けぷっ」

可愛《かわい》らしいげっぷが聞こえる。見ると、ポン汁のペットボトルは空になっていた。

「そ、それ全部飲んじゃったの？」

「……ダメだった？」

「いや、ダメじゃないけど。そんなに一気に飲んだらお腹《なか》たぷたぷにならない？」

「これくらい平気」

「っていうかどうしてそんなイッキなんかしたの？　ゆっくり食べた方がいいんじゃない？」

「それじゃ間に合わないから」

ということは、僕の潜行《ダイブ》に合わせてくれたということか。

そしてそれは事実だったらしく、スクレールはいつもの無表情の半眼で言う。

「アキラが一緒に行きたいなら、一緒に潜ってあげる」

彼女の口から、最近ちょっと変化があった言い回しが飛び出てくる。前に僕がちょっとしたイジワルをしてからというもの、「潜ってあげてもいい」が「潜ってあげる」に変化したのだ。自分から「一緒に行きたい」と申し出ないのは、やはり譲れない部分らしい。

「でも今回は第2ルートだよ？　あんまり変わり映えはしないかも」

「かまわない」

「じゃあお供してもらおうかな」

「うん」

「わかった。じゃあアシュレイさんに言ってくるね」

僕はそう言い残すと、席から立ち上がって受付の方へと向かう。

「アシュレイさーん。今日も受付お願いしますー」

「あなたはいつも変わらないわね……」

僕が朗らかに手を振ると、アシュレイさんは半ば呆《あき》れ気味で苦笑いだ。

そりゃあ僕みたいに頻繁に迷宮《ダンジョン》に行く冒険者《ダイバー》なんてそんなに多くないから、そんな反応も仕方ないのかもね。どうやらアシュレイさん曰《いわ》く「クドー君は特殊な部類だもの」らしい。

「ミュー」

いつものように一言二言で、適当に受付を済ませようとしていると、受付の台の奥からカーバンクルくんが顔を出す。ひょっこり。

この前【楽土《らくど》の温泉郷《おんせんきょう》】から付いてきた際、勢いでそのまま自分の家に連れて帰っちゃったけど、なんていうか結構気ままな性格らしくて、僕の部屋でくつろいだり冒険についいて行ったり、正面ホールに居残ったりとそのときの気分でいろいろ自由にやっているのだ。

以前の冒険について行ったあと、正面ホールに居残りしたかったらしく、帰り際にお別れ。アシュレイさんに預けるという形になっていた。

「カーバンクルくんはどうでした？」

「ミューちゃん？　大人しいし可愛いし、受付からも冒険者《ダイバー》からも人気よ」

そうだろう。愛らしいし美しい。あとまた勝手に名前が付けられているみたい。そんな鳴き声準拠とか結構単純なネーミングで大丈夫なんだろうか。いや、師匠の『くつした』や僕の種族名そのまんまな名前も大概だけどさ。

「構う人が多くて気疲れしてるとかはありません？」

「その辺は大丈夫よ。この子もいつでもここにいるってわけじゃないから。勝手に迷宮《ダンジョン》の中に入って行ったり、あっちの棚の上に登ってまったりしてたりするし」

「その辺はやっぱり自由なんですね」

「ええ。お利口さんよ」

アシュレイさんはそう言って、カーバンクルくんの頭をなでなでする。

カーバンクルくんはやっぱり頭を撫《な》でられるのが好きなのだろう。目を細めて大人しくされるがままになっている。撫でられるのが好きな小動物っていうとウサギを思い出すから、やっぱりウサギ成分強いのだろうか。でも餌は猫ちゃんのだし、そこんところどうなんだろ。

アシュレイさんとカーバンクルくんについての話をしていると、ふいにカーバンクルくんが僕に向かって唸《うな》り声を上げる。しかも何故《なぜ》か目を三角にしており、やけにご立腹の様子だ。

「みゅぅううう……」

「え？　なになに？　ちょっとどうしたのさ？」

一体どうしたのか。僕は怒らせるようなことはしてないし、そもそもまだ何もしてない。近寄って触ろうとすると、伸ばした手を突然前足でホールドされた。ガシッと。すぐにカプっと指先を咥《くわ》えられる。

「(チューチュー)」

「………そういうこと」

カーバンクルくんは目を閉じて僕の魔力を堪能中。

要するに、魔力を吸えなかったのがお気に召さなかったらしい。今回は自分の意思で居残ったのに怒るなんて理不尽極まりない限りである。

やがて満足したのか、僕の手を解放した。額の宝石は完全に紫色になっている。

いまのところ魔法を跳ね返したとか、吸った魔力を使って攻撃とか見たことないけど、その辺りどんな感じなんだろうか。一緒に迷宮《ダンジョン》に潜れば、見られるんだろうか。

僕は虚空《こくう》ディメンジョンバッグを開いた。

「あとこれ、カーバンクルくんのごはんです。ごはんの時間にときどきあげてください」

そう言って、受付の台にキャットフードの袋を置く。

「これってもしかして、猫ちゃんのごはん？」

「そうです。アメイシス《とあるひと》さんに、この子何食べるんですかって聞いたら、猫ちゃんのごはんでいいよって言われたので。それであげてみたら食べてくれて」

「そうなんだ。それにしても、これもすごくリアルな絵ね」

アシュレイさんはプリントされた猫の写真を興味深そうに眺めている。まだこの世界に写真はないので、やっぱりイラスト扱いなのだろうね。

ともあれカーバンクルくん。この子結構雑食だ。一緒に迷宮《ダンジョン》に冒険してるときは、時折虫を前足で捕まえてパクっとやってるのを見るし、花とか果物にも口を付けている。お魚なんかも咥えてあむあむやっていた。一緒に冒険するとマジで超自由にしてる。

僕がキャットフードの袋からカリカリを一個取り出して、カーバンクルくんに差し出す。すると、すぐに両前足で挟んで、パクっと口に含んだ。

ガリガリ、ボリボリといい音を鳴らして咀嚼《そしゃく》し始める。

「そのまま食べないんですよね。いつも一個一個手で掴《つか》んでから食べるんです」

「座りながら食べてるところも見たことあるわよ？」

「謎」

「ねー」

アシュレイさんとそんな風に緩く会話している中。

ふと、他にもおやつを持ってきていたことを思い出す。

「そうだ。君、これって食べるの？」

「ミュ？」

僕は訊《たず》ねながら、虚空ディメンジョンバッグからちゅ○るを取り出した。

これはおそらくほとんどの家猫が大好きなおやつだろう。

封を切って、ちょっとずつ押し出すと、すぐに口を付けてペロペロしだす。

そして、

「ミュー！」

頬っぺたに両手を当てて、鳴き声を上げるカーバンクルくん。

いままでに聞いたことのないようなテンション爆上がりな声だ。

どうやら猫のおやつもお気に召したらしい。

ある程度あげて、離すと、カーバンクルくんはもっと欲しいと言うように、僕の身体《からだ》に掴まり立ちして首を伸ばす。魔力といいちゅ○るといい、ほんとこの子は食い意地すごい。

「すごい食いつきね」

「ですね。ほら、残りもあげるから落ち着いて落ち着いて」

「ミュー！　ミュー！」

残りのちゅ〇るも全部あげる。空の袋を名残惜しそうにペロペロするのは、猫さながらだ。

そんなときだった。

「あしゅれー」

「どうしたのネム？」

お隣の猫耳帽子の受付嬢が、アシュレイさんに話しかける。

何か用事かなと思って身を引くと、ネムさんは僕の方を見た。

「あ、ネムさんどうもこんにちは」

「こんにちは……それ、すごくいい匂いがする、てきなー」

「こ、これですか？」

ネムさん、いつもは眠そうにしながらだらけ切った感じで受付をするけど、いまはそんな態度とは打って変わって、やる気に満ち満ちている。しかも、目は空になったちゅ〇るの袋に釘付けだ。涎《よだれ》も垂れてる。ということは、だ。

「あの、これは猫ちゃん用のおやつでして！　人が食べるものではないのですよ！」

「大丈夫。問題ない、てきなー。じゅる」

ネムさんはそう言って、猫耳帽子を取る。するとそこには、猫耳があった。

（あ、この人って猫系の尻尾族だったのね）

彼女の後ろの方をよく見ると、お尻の上部に猫が持っているような尻尾が付いていた。

いや、それにしたって、だ。

「い、いえだからってネムさんも人ですから」

「一口、一口だけでいいから、欲しい」

「いやでもさすがにそれは」

「お願い。一生のお願い、てきなー」

「悪影響はないでしょうけど……」

ネムさんは土下座でもしかねない勢いで頼み込んでくる。

確かに、ちゅ〇るを味見と称してご賞味なさる奇特な方々はいらっしゃるらしいけどさ。まさかここまで食いつくとは。異世界ってやっぱ驚きだよ。異世界の人間はところどころ未来に生きてる。

僕は観念して、封を切って手渡す。

するとネムさんはちゅ〇るをちょっとずつ出してペロペロ。

やがて、どこか遠くの情景に想いを馳《は》せるように、目を瞑《つむ》って天井を仰いだ。

「このペーストを口に含むと、芳醇《ほうじゅん》な魚の香りが口の中いっぱいに広がる。押し寄せてくるおいしさ。食べたことのない複雑な魚の味。目を閉じると大海原を泳ぐ大きな魚が見える……」

「そ、そうですか……」

「すごい。これを作った人はおそらく猫の気持ちを深く理解している、てきなー」

そんな話をしていると、突然アシュレイさんがトチ狂ったようなことを言い出す。

「……ネム。それそんなにおいしいの？　良ければちょっとくれない？」

「ちょ、アシュレイさん!?　あなた一体何を言い出してるんですか!?」

「だってネムがあんなにおいしそうにしてるし……」

「さっきも言いましたがこれは猫ちゃんのごはん！　猫ちゃんのごはんですから！」

「でもクドー君の持ってくるものはみんなおいしいでしょ？」

「かもですけど！」

「ダメ。これはもう私のもの。あしゅれーにはあげられない、てきなー」

「ちょっとネム、ケチ臭いわよ！　一口くらいくれたっていいじゃない！」

なんなのだこれは。どうして人が猫のおやつを取り合いするのか。ド・メルタの人ってどいつもこいつも食い意地すごすぎないか。

一方でカーバンクルくんはキャットフードの袋を開けて、カリカリを取り出して食べている。ビバ、マイペース。

そんなこんなで、受付が落ち着いたあと。

「クドー君。今日の用はこれだけ？」

「いえ、今日はこれから迷宮《ダンジョン》に潜ります。その報告です」

「…………」

僕が潜行《ダイブ》の旨を伝えると、アシュレイさんは首を右に左にこっくりこっくり。

そして、何故か険しい表情を見せる。

「どうしました？」

「あのね、なんかあまり良い予感がしないっていうか……」

なんだろう。アシュレイさんがそんなこと言うなんて珍しい。いつもは受付なんてだいたい「行ってきます」「行ってらっしゃい」で終わるのに、行ってほしくない的なニュアンスの言葉をかけられるのは予想外というほかない。こんなの言われたのなんて、それこそギルドに来始めた頃くらいだろう。

「うーん。僕、体調不良とかっていうのはないですよ？　風邪とか引いてるわけでもないし、昨日徹夜したってこともないですし……あと、一緒に行くスクレも至って健康そうです」

「そうなんだけどね……ちなみに今日はどこに行く予定なの？」

「いつものとこです。【暗闇回廊《くらやみかいろう》】まで行って、いつものように『吸血蝙蝠《ブラッディバット》』を狩る予定です」

「そう。それなら大丈夫かしら……」

「むしろスクレもいるんで、余裕だと思いますよ？　もし『吸血蝙蝠《ブラッディバット》』に集《たか》られても吹っ飛ばせる技もこの前身に付けましたし」

だけど、アシュレイさんがこんなことを言うってことは、何かあるかもと考えておかなければならないだろう。僕の言動や雰囲気から、無意識的に何かを読み取っている可能性がある。それは絶対に考慮しておくべきだ。

「なにか蓄積してそうです？」

「そういうわけじゃないんだけど」

「じゃあ虫の知らせ的な」

「虫？」

「あーいえ、嫌な予感のことです」

そうか、この慣用句の翻訳はうまくいかないのか。神様謎翻訳はなんか難しい。

「了解しました。いろいろ気を付けておきますね」

「そうした方がいいわね。いつもと違うような状況になったらすぐに帰ってきなさい」

「はーい」

アシュレイさんが真面目なトーンで言うときは、絶対に聞かなければならない。

それを聞かなかったために、迷宮《ダンジョン》から戻って来られなかった冒険者《ダイバー》は、僕が知っている限りでも七チーム四十六人もいるのだ。こういうときのアシュレイさんの勘というか眼力は予知能力並みだから信頼できる。

そんな風に、僕の安否を気遣ってくれる、いつになく年上っぽいムーブをしたアシュレイさんに返事をしつつ、その場を離れようとすると。

「ミュー」

カーバンクルくんが僕のリュックの上に乗っかった。

今日は冒険について行くというのだろう。

「じゃ、今日はよろしくね」

「ミュ！」

声を出して応えてくれる。そんなカーバンクルくんと連れ立って、スクレールのもとへ。

「スクレ、準備の方はどう？」

「大丈夫」

そんなやり取りをする中、スクレールがカーバンクルくんを見て首を傾《かし》げる。

「それ、最近正面ホールにいる不思議動物」

「この子は『玉端獣《カーバンクル》』っていう魔物と動物のあいの子みたいな動物……らしいよ？　モンスターっていうかこの場合モドキの意味を込めてモソスター？」

「ちょっと何言ってるかわからない」

「みゅみゅ」

「僕もあんまり詳しくは聞いてないからね。最近迷宮《ダンジョン》に行ったときに付いてきてから、こんな風にくっ付いてきたりしてるんだ」

「そう。でも、かわいい」

僕がカーバンクルくんを引き渡すと、スクレールが抱き上げた。

彼女の頬も緩んでいる。やはりふわふわもふもふは正義らしい。

「名前はカールバーグ一世」

「…………」

突然スクレールさんが勝手に名前をお付けになった。しかも結構仰々しいヤツ。名前らしい名前を付けてない僕が言えることじゃないのかもしれないけど、彼女といいアシュレイさんといい師匠といい、なんかみんな協調性ない。

「ということで今日はこのメンバーで行きまーす」

「わかった」

「ミュ！」

そんな風に二人と一匹、正面ホールから迷宮《ダンジョン》に踏み出そうとしていると。

あまりよろしくない感じのセリフが耳に入る。

「お？　あそにいるの耳長族だぜ？」

「さすが可愛らしいし、いい身体してるな」

「できることなら自分の物にしたいぜ……」

目を向けるとなんか、冒険者《ダイバー》のおじさんたちがスクレールにいかがわしい視線を向けている。なんていうかその手の罪でタイーホされちゃう感じの人たちの視線と同種のものだ。女子高生と一緒に電車に乗ってたら、痴漢行為を働きそうな感じしかしない。そんな感じの気味の悪い視線を無遠慮に向けてきている。

スクレールは相変わらずいろんなところからモテモテだ。冒険者《ダイバー》として優れているからチームメンバーに誘いたいっていうのもそうだけど、可愛いからお近付きになりたいだとか、彼女にしたいだとかそんな感じのアプローチも多いと聞いている。

いまの連中は論外だけどさ。

「なんかあれヤな感じだね」

「人間はいつもそう。愚か。本当に救いがたい」

「さすがに人間で一括《ひとくく》りにするのはひどいのではないでしょうか……？　ほら、僕これでも人間だし」

「アキラはあいつらとは違う。優しいし、正しい心を持ってる」

「え？　そ、そうかな？」

「そうじゃなかったら、こうして一緒にいない。ぶっ飛ばしてる」

「それなら、多少は信頼されてるってことかな?」

「大丈夫。アキラのことは信用してる」

スクレールはそう言って、僕にくっ付いてきてくれる。

「いやあのスクレールさん!?」

「アキラはあのとき私を助けてくれた。おかしな要求もしなかった」

「………えと、はい」

くっ付かれていると、なんか滅茶苦茶面映《おもは》ゆい。

そんな風に思っていると、スクレールは突然不機嫌そうな視線を向けてくる。

「でもアキラは別の意味で愚かだけど」

「――え?　僕なんかそんなどうしようもないことしたかな?」

「そういう意味じゃない。変なことはしてない。だから愚か」

「え?　え?」

なんかスクレールが顔を近付けてくる。

よくわからないので戸惑っていると、スクレールは頬をぷっくりと膨らませた。

「……やっぱりアキラは愚か。鈍《ドン》」

スクレールはそう言うと、大きなため息を吐《つ》いた。

なんかもうめちゃくちゃ不服そう。何故だ。これは僕が悪いのだろうか。

そんなわけで、スクレールと一緒に迷宮探索にレッツゴー。

お馴染み迷宮深度5【大森林遺跡《だいしんりんいせき》】を歩き、第2ルートへ続く『霧の境界』付近に到着した頃。

「ウサギ、今日は大人しい」

いま、スクレールは『歩行者ウサギ《ウォーカーラビット》』をなでなでしている。

『歩行者ウサギ《ウォーカーラビット》』は撫でられやすいようにスクレールの前で小さくなって伏せており、キューキューとご機嫌な様子で鳴いていた。

大体は以前のようにウサギケンポーをかまして来るけど、今日は撫でて欲しいタイプのウサギさんが来たようだ。自分から頭をすりすりしてきて、滅茶苦茶可愛い。デカいからなおさらだよね。

「なで、なで」

スクレールはそう言って、甘えてくる『歩行者ウサギ《ウォーカーラビット》』の頭を撫でる。なでり、なでり。

そのあとはウサギが立ち上がって、お礼のためかスクレールにぎゅーっとハグをした。

（うわー、あれうらやましいなぁ）

でっかいぬいぐるみみたいなモフモフに抱き着かれるとか、どんな天国だろう。その弊害で全身毛だらけになるけど、そんなの安いもんだ。ＳＡＮ値が全快したうえお釣りがくるまである。シナリオクリアしてないのに報酬だけもらえるようなもんだ。前にエルドリッドさんが、フレンドリーとかハグしてくれるとか言ってたけど、まさか事実だったとは。

この前はウサギケンポーをしてくるヤツを返り討ちにしてぶっ飛ばしたばかりなのに、今回は打って変わって甘えてくる感じ。やっぱこいつら謎生態だわ。

やがてどちらも満足したのか、ウサギがバイバイというように手を振って離れて行く。スクレールもそれに手を振り返すと、やがて僕の方に戻ってきた。

もちろん毛だらけだ。虚空ディメンジョンバッグからブラシを取り出して、付いた毛を搔《か》き落とす。

「ウサギにハグされるのほんとうらやましいよ」

「アキラはやってもらえないの？」

「僕のときは全然だよ」

「そう？　アキラの方がやってもらえそうなのに」

「そうなのかな？　でも、僕のときはそういうのはないんだよね。ウサギケンポーか、追いかけっこしたいタイプばっかりだよ」

「ミュー」

僕がウサギとの関係を嘆いていると、カーバンクルくんが代わりなのか、すりすりしてくれた。さりげないやさしみがありがたい。

「そろそろ次の階層行こっか」

「うん」

そんなわけで、『霧の境界』から次の階層へ移動しようと、踏み込もうとした折。

スクレールが付いてきていないことに気付いた。

どうしたのかと思って振り返る。そこには、立ち止まったままのスクレールの姿があった。

「スクレ？」

「……大丈夫。なんでもない」

「そう？　ならいいけど」

どうしたのだろうか。何かトラブルか。でも、怪我なんてしていないし、具合が悪いという様子もなかった。森で遭遇したモンスなんて『一角鹿《モノケロスディア》』とかレアモンスの『木人兵《ウッディアーミー》』とか程度だから余裕だったし。

『一角鹿《モノケロスディア》』は僕が雷で追っ払ったし、『木人兵《ウッディアーミー》』はスクレールの武術でぶっ飛ばされたのだ。

彼女曰く「弱い。さすが『木人将《ウッディジェネラル》』の下位なだけある」らしい。

なんかいろいろ話を聞くに、耳長族の里って結構ヤバいモンスターが出てくるみたい。

いま一番気になっているのは彼女がよくたとえに出すダンゴムシなんだけどさ。いやー、ダンゴムシタイプのモンスターとかやだなぁ。むしろ虫系のモンスター自体が嫌なんだけど。この前ライオン丸先輩に連れて行ってもらった【[redacted]】とかいう名前の階層に出てくるモンスターとかね。うーん何故か階層の名前が思い出せない。

気を取り直して、次の階層へ突入。

この前ミゲルたちとばったり出会った迷宮深度10【灰色《はいいろ》の無限城《むげんじょう》】だ。

いつも通り、お城の中に直でワープ。色みのいい緑の森から、突然視界がモノトーンになるから目がびっくりするよホントにここはさ。

スクレールがいつもの無表情のまま、辟易《へきえき》したように言う。

「ここはほんと慣れない」

「だよねー。長くいると目がしょぼしょぼするよ」

相変わらずここは目に悪いよ。カラーバリエーションが白と黒と灰色しかないから、距離感がわからなくなって混乱する。モノトーンって結構ツライね。昔のテレビってこうだったらしいけど、あれを見ていた人たちは大丈夫だったんだろうか。

「ここって意外と瓦礫《がれき》も危ないしね」

「崩れかかってるところとかも気を付けないといけない」

「そうそう。それもだよね」

「さっきの癒しが吹き飛びそう」

そんな風に、この階層に対する愚痴を言い合う。

「カーバンクルくんは大丈夫？」

「ミュー」

返事をしてくれた。声に元気があるからたぶん大丈夫そう。

すると、スクレールがカーバンクルくんを撫でる。

「カールバーグ一世はお利口。いい子」

名前、それで押し通すんですね。いやもう何も言うまいよ。

僕はときおり目薬を差しつつ、長い廊下を進む。この階層は造りが造りだけに、すごく入り組んでいる。まあ『霧の境界』までのルートはきちんとマッピングしているから最短で次の階層に到達できるんだけど。ここが某不思議のダンジョンでなかったことは、本当に感謝したい限り。あんなのリアルにあったらシャレにならん。

「スクレ、ここってどのくらい踏破してるの？」

「あんまり。北側の奥の方に行ってしまうと面倒だから、なるべく探索はしないようにしてる」

「北側かぁ。向こうは僕行ったことないけど、あっちってなんかあるの？」

「ドアが横向きについてたり、階段が壁に向かって延びてたり、なんていうかいろいろひどい」

「うわ……ウィンチェスター・ミステリー・ハウス状態なのね」

「歩いてると頭がこんがらがってくるし、気分も悪くなるから用がない限り行かないのが賢明」

まさかそんなところがあるとは。僕ももしアメリカに行ったら一度観光で行ってみたいなと思ってたところだけど、まさか異世界で先にそんな場所に遭遇するとは思わなかった。ちょっと見に行ってみたいなって感じで興味が惹《ひ》かれる反面、そんな無茶しないで安定を取って堅実に進もうという気持ちもある。

うん。今日はスクレールもいるし、一人のときに行こう。いや、むしろ一人の方がマズいか。

「っていうかこの灰色の中でそんな配置とか、ここを造ったヤツは絶対性格悪いだろうね」

「城だから仕掛けの類《たぐい》があるのは仕方ないとは思うけど、中で生活する人のことを全く考慮していない」

やはり愚痴大会が始まる。いやまあ、どこの階層に言っても不自由するから、二人以上のときは愚痴大会にはなるんだけどさ。

っていうかほんと階層って意味不明なところが多い。こんな階層、中に入った人を迷わせて、閉じ込めるためだけに造られたような気さえしてくるよ。城の防衛設備とかそもそも考えてなさそう。

「みゅううううう……」

ふいに、カーバンクルくんが低く唸る。それに合わせて、僕も背後に嫌な気配を感じた。

こういう気配とかそんなのってバトル漫画の登場人物くらいにしか感じられるわけないじゃーんとか思ってたけど、僕もレベルの向上や師匠のスパルタにより、晴れてこういうのを体得するに至ったのだ。

もちろんスクレール先輩はずっと前に体得済みなのだろう。すでに振り返っている。

しかして、嫌な気配の正体とは。

僕たちの背後に現れたのは『後ろを刺す魔剣《バックブリンガー》』だった。

こいつはここ【灰色の無限城】に出てくるモンスターで、まんま剣の形状をしているヤツだ。普段はただの剣に擬態しているけど、冒険者《ダイバー》を感知すると紫色のオーラをまとって背後から突っ込んでくるという卑怯《ひきょう》極まりないモンスターである。モンスターだからね。捨ててくるまでもなく誉《ほまれ》もクソもないのである。

長さは七十センチ強。鍔《つば》の部分に核石《かくせき》がくっついているというザ・剣という見た目。

ちょうど紫のオーラをまとい始めたところだ。紫だからって全然雷関係ないんだけどね。

ともあれ、『後ろを刺す魔剣《バックブリンガー》』がこっちに飛んで向かってきそうなタイミングで、スクレールが動いた。

「これは楽勝」

彼女はそう言うと、一瞬で『後ろを刺す魔剣《バックブリンガー》』のさらに後ろに回り込んで、柄《つか》を素早く掴み取った。

一方で『後ろを刺す魔剣《バックブリンガー》』はスクレールの戒めから逃れようと暴れるけど、しっかりと掴まれているため逃げられない。剣が身をよじるとか意味不明な光景だけど、勝手に飛んで向かってくる時点でもう議論の余地はないかその辺はさ。

「僕はコイツ、魔法で倒しちゃうんだけど……スクレはそこからどうするの？」

「こうする」

スクレールはそう言うと、手近な石壁に向かって『後ろを刺す魔剣《バックブリンガー》』を無造作に叩《たた》きつけ始めた。

「え……」

僕の困惑も余所《よそ》に、ガン。ガン。ガン。ガン。

すんごくシュールな光景が僕の眼前に広がる。

なんていうか、刃筋もクソもないというような剣の振り方だ。あれじゃあ剣がかわいそう……いや、だからいいのか。そうだよね。あれ、モンスターだもんね。

やがて『後ろを刺す魔剣《バックブリンガー》』の刀身が砕け散り、核石が廊下に転がった。

スクレールが拳を突き上げる。

「完全勝利」

「なんか勝ち方が残酷」

「でもこうするのが一番手っ取り早い」

「まあ確かにね。刃に触るのも危ないし、それがベターなやり方なのかな？」

ここは場所のせいなのか、こういった武器や防具をもとにしたようなモンスターの巣窟だ。確かにいまの彼女のように、ぞんざいな扱いをすれば、モンスターも堪《たま》ったものじゃないだろう。

スクレールの長い耳が、ピコピコ動く。

やがて、通路の奥からガシャガシャ、ガシャガシャと耳障りな音が聞こえてきた。

「さっきの音を聞きつけてきたみたい」

「あいつら耳とかないはずなのにどうなってんだろーねー」

僕もスクレールも何が出てきたのかは、すでにお察ししている。

次いで現れたのは、この【灰色の無限城】のお馴染みモンスター『生きた鎧《リビングアーマー》』だ。しかも結構な数。遠目から見積もっても軽く十体くらいはいる。

こっちに向かってくる『生きた鎧《リビングアーマー》』たち。中身がないから動きが全然滑らかじゃない。そのせいで軽くホラーな感じになってるけど、全然強くないから大丈夫だ。普通の鎧《よろい》に擬態して脅かそうとしてくるのは絶対に許されないことなんだけど。

ただ、僕の場合は魔法を使って倒さなきゃならないから、めんどうくさい相手でもあるんだよねコイツ。

数も多いし、僕が渋々魔法でぶっ飛ばそうとしていた、そんなときだ。

「ミュー！」

カーバンクルくんがリュックの上から飛び降りる。

そして、額から魔力を放出し、バチバチという、まるで電気が弾《はじ》けているような音を周囲にまき散らす。カーバンクルくんの周囲には紫電のフィールドが発生。直後、そのフィールドから、雷撃を発射した。

もちろんそれは『生きた鎧《リビングアーマー》』たちに向かって飛んでいく。

『生きた鎧《リビングアーマー》』たちはそれをかわそうにも、通路にぎっしり並んでいるため、思うように動けない。かといって雷撃を受ける手立てもなく、まとめて鉄くずになった。

「おおー」

「すごいね。魔法を跳ね返すとか聞いたけど、自分から撃ち出すときはこんな感じなんだ」

すげー。結構な威力の攻撃を詠唱とか要らずに使えるとか、すんごい便利。僕も詠唱ナシの魔法を使えるけど、いやー詠唱したときの威力がダンチだからあんまり使わないんだよねあれはさ。

そんなことをしたカーバンクルくんは、ドヤッとした様子でこっちを見る。この子もほんといいキャラしてるよなぁと思いながら頭を撫でようとすると、僕の腕に飛びついて、前足後ろ足でがっちりホールド。それはまるでユアチューブやTiktak《チックタック》によくアップロードされる、猫が腕に抱き着いて放してくれないあの映像の如《ごと》く。

そんな状態でいつものように指を咥えられた。

スクレールが胡乱《うろん》げな視線を向けてくる。

「……これ、何してるの？」

「魔力の補充だと思う。会ったときから僕の魔力をちゅーちゅーするんだよね」

「なんかかわいい」

「まあ、可愛いけどさ……」

可愛いけど、やってることを考えると結構エグいのではないだろうか。だって吸収だもん。

カーバンクルくんの魔力補充に付き合いつつ、しばらく。

スクレールと一緒に核石を回収していると、ふとあることに気付く。

「なんか僕、全然活躍できてなくない？」

「ここはまだ低階層。アキラが活躍もなにもない」

「そうだけど」

「アキラは温存しておけばいい。低階層で魔法使いを温存させるのは冒険者《ダイバー》の常識」

「まあそうなんだけどね」

なんていうか、見せ場がないのが落ち着かない。僕要らなかったんじゃね？　っていう状況はできることなら避けたい限りである。

ともあれ、異変が起こったのは、【灰色の無限城】の次の階層、迷宮深度20【黄壁遺構】の建物内部に侵入して、少し経《た》ったときだった。

「だからこっち来ないでって気持ち悪いから。まぶたを獲得してから出直してきてっていつも言ってるでしょ」

僕が『催眠目玉《スリープアイ》』にキ○カン入り水鉄砲をお見舞いして、ジュージューさせて倒していると、ふいにスクレールがその場で立ち止まって動かなくなった。

「スクレ……スクレ？　もしかして催眠波食らっちゃった？」

アレを食らうと立ったまま眠ることもあるらしい。でも、そうじゃなかったようだ。

「そっちは大丈夫………そっちは」

「じゃあ他に何か問題が？　ごめんカーバンクルくん、あっちのヤツらよろしく」

「ミュー！」

カーバンクルくんが残りの目玉を倒してくれている間に、スクレールに訊ねる。

彼女は「うん」と頷《うなず》いた。

そして、

「ちょっと、いい？」

「なに？　どうしたの？」

「次の安全地帯《セーフポイント》に寄りたい」

「いいけど……休むんならもう少し先の方まで行った方が良くない？　次のところは狭いし。それとも我慢できないくらい具合が悪い？」

「そうじゃないけど、そこじゃダメ」

「うん？　どういうこと？」

「そ、その……」

スクレールは顔を赤くさせて、もじもじ。なにかかなり恥ずかしそうだ。どうしたのか。具合が悪いわけじゃないのなら安心だけど、それ以外の問題とはいかに。

僕が再度訊ねると、スクレールは俯《うつむ》いて答える。

「用を、足したいから」

「……あ！　はい！　なるほど了解です！　承知しました！　そういうことですね！」

「ちょっと大きな声出さない！」

スクレールさんはそれはそれは恥ずかしそうに叫ぶ。

にしても、なんかちょっと拍子抜けだ。もっと何かとんでもない問題でもあったのかなと思ったけど、おしっこ我慢してただけとは。

というのも、こちらにはその理由に心当たりがある。

「さっきオレンジジュース一気に飲んじゃうからだよ」

「だって、一緒に迷宮《ダンジョン》に潜るつもりだったから、早く飲まきゃと思って……」

合わせてくれたのか。そんなことを言われると僕も強く言えない。

各階層に設置されている安全地帯《セーフポイント》には、一応厠《かわや》らしきものも用意されている。こういう建造物系の階層の場合、よほど緊急事態じゃない限りはそこら辺で用を足してはいけないっていう暗黙の了解があるのだ。森とか草原とかなら自然に還るからある程度なら垂れ流しでも大丈夫なんだけど、建物内になるとそうもいかない。排せつ物で汚しっぱなしになりかねないからだ。

ここ【黄壁遺構】の場合は建物内に入る前に外で済ますのが一般的だけど、まあいつでもそういうことができるわけでもないんだよね。いつでもトイレを気にするわけにもいかないし。

最悪の話、場所によっては同じチームの人間に見られたまま用を足すというのも結構あるらしい。

ふと、気付く。

「あ、そう言えば次のところってトイレないかも」

「――!?　そうだった！」

スクレールもそれに気付いたか。

安全地帯《セーフポイント》。場所によっては設備というか、間仕切りみたいな隠れられる場所も作ってくれてるんだけど、それはどこでもというわけじゃない。モンスター緊急回避用の小さな安全地帯《セーフポイント》の場合は人が逃げ込める場所を確保するため、そういうのはオミットされている傾向にある。

「でも、その次のところまでは間に合いそうにない……」

「そ、そうだよね！　難しいよね！」

「どうにか、そこで……」

済ませるしかないか。まあキャンプグッズは色々取り揃《そろ》えているから、簡易トイレも持ち合わせている。あとは間仕切りとかだけど、その辺はまあ大丈夫だろうと思われ。僕は外で待機および警戒しとけばいいのだ。

そんな感じで、モンスターをやり過ごして安全地帯《セーフポイント》へと侵入。

運良く、他の冒険者《ダイバー》が潜行《ダイブ》および先行していないタイミングだったようで、安全地帯《セーフポイント》には誰もいなかった。

でも、ここ本当に緊急避難場所扱いだから結構狭い。

「ここの安全地帯《セーフポイント》の端っこでするしかない」

「……だね。そうするしかないよね」

スクレールはもうギリギリ限界五秒前とかそんな感じの内股ぶり。ちょっとの衝撃で漏らしそうな勢い。こんなにピンチなスクレールもそうそうないんじゃなかろうか。

僕は手早く非常用のコンパクトな簡易トイレを組み立てる。といっても小さな段ボールにビニール袋をかぶせて、吸収剤を放り込むタイプだ。手軽で簡単だし、こういうところだと本当に使いやすい。

「じゃあここに」

「あ、ありがとう」

「僕は外に出てるね」

安全地帯《セーフポイント》の外にいればいい。そう考えて、踵《きびす》を返そうとしたそのとき。

「………………するか」

「じゃね…………」

「………あ………だろ」

僕たちが通ってきた通路から、声が聞こえてくる。

しかも、その話し声には聞き覚えがあった。

さっきスクレールに感じの悪い視線を向けてきていたヤツらのもので間違いない。

「ちょ、もしかしてあいつらこっちに来る？」

どうしよう。このままここに来られると、用を足しているところが丸見えだ。

「あ、アキラ！　助けて！」

「わ、わかってる！　どうしようどうしよう！　どうすればいいの!?」

泡を食っている間にも、声はだんだんと近付いてくる。

「ちょ、スクレ早く出しちゃって！」

「出すって、まだアキラがいる！」

「それはそうだけどもさ！」

「ミュー」

「カーバンクルくん!?　カーバンクルくんは少しの間静かにしてて！」

こんな現場を見られるのは大変よろしくない。なら、どうにかして隠さないといけない。

――ここで『僕がそのまま外に出て時間稼ぎをする』という考えに至らなかったのは、僕の大きなミスだろう。

僕は焦りに焦ったまま、虚空ディメンジョンバッグから風呂敷を取り出す。ここは僕の数少ない友達の一人、忍者ヲタクの高河野《こうがの》忍《しのぶ》くんよろしく、隠れ身の術を使うべきだろう。

僕は取り出した風呂敷を背中側に広げる。

そのうえ使うのは、汎用魔法は幻覚魔法に分類される『迷彩ステルスハーミット』だ。

これで僕の背中側は周囲のものと同化して、向こう側からは見えなくなるはず。

やっぱり隠れ身の術とかはこうだよね。

ふう、良かった間に合った。こんな状態をあんなヤツらの前に晒《さら》すわけにはいかないもんね。

そんな風に、何も考えず風呂敷を背にしてステルスにしてしまった。

安心して気が抜けていたせいなのは言うまでもない。

つまりこの状態、僕はスクレールと向かい合っているということだ。

目を開けると、スクレールさんは民族衣装の前の部分をまくって膝の上に掛けていた。

スリットの入った前の部分をまくり上げているため、いろいろとセンシティブな部分がそりゃあもう丸見えだった。鼠径部《そけいぶ》の逆三角形とかそこに生えてる茂みとかとか、いろいろもろもろが、だ。

スクレールが小さく叫ぶ。

「あ、あああアキラ！　どうしてこっち向きになるの！」

「いえこれはこの魔法というか、この忍術というかそんなのの様式美であってつい！」

「いいから早くそっち向く！」

「いや、あの、この状態から背を向けるのは結構難しくてですね――」

そんな風に叫び合っていたときだ。

「ミュ」

「どうしたのカーバンクルくん……って!?」

カーバンクルくんは外の方を気にしろというように、小さな前足で入り口方向を指し示す。

「もう少し稼ぎが欲しいよな」

「なら次の階層にでも行くか?」

「いや、やめとこうぜ? さすがに俺たちのレベルじゃ無理無理無理」

聞こえてくる声がだんだん大きくなってきた。

僕たちは急いで口を閉じる。声に合わせて足音も大きくなり、やがてそれは安全地帯間《セーフポイント》近の通路に。次いで安全地帯《セーフポイント》の入り口付近に。

そして、安全地帯《セーフポイント》の先に。

彼らはこの安全地帯《セーフポイント》に寄るつもりはなかったのだろう。

やがて声は通路の先へと遠ざかって行った。

「……行ったみたいだね」

「……良かった」

そんな風に、二人安堵《あんど》の息を吐いたそのときだった。

「あ」

「あ……」

緊張からの安堵という落差がとどめとなって、決壊してしまったらしい。結構激しい音を立てて、しっかりとした量の液体が激しく放出される。油断したせいでポジションがズレたのか、放出は簡易トイレから外れて床へ。一瞬で地面にシミが広がった。広範囲に。

もちろん、それを止める術《すべ》が僕にもスクレールにもない。

「あ、あ、あ、あ、あ、あ、あ……」

完全に僕に見られている形だが、しかしこの期に及んでは叫ぶこともできない。

スクレールは顔を真っ赤にしたまま、決壊を止めることもできず、小さく声を上げるばかり。冒険者《ダイバー》たちは通り過ぎていったけど、大きな声を出せばまだ気付かれる位置にいる。

弧を描いていた放出が段々と弱まり、やがて止まった。

どちらからも声をかけられない、気まずい沈黙が周囲を包む。

僕はその空気に堪《た》え切れなくて、俯いたままのスクレールに声をかけた。

「あ、あの」

「…………」

「えっとその、なんていいますか、僕としましては大変遺憾で申し訳なく……」

「言わない。喋《しゃべ》らない」

「は、はい！」

僕は風呂敷をしまって、気を付けをする。その間に、スクレールはいそいそと終わったあとの作業と片付けをして——簡易トイレを思い切り踏みつぶした。ぐしゃり。

「アキラのバカバカバカバカバカバカバカバカ……」

「す、すみません！　ごめんなさい！　不可抗力だったんです！」

「……ぐす。ひどい辱め。こんな屈辱ない……」

スクレールは顔を赤くさせて、瞳をうるうる。

その後の道中がものすごく気まずかったのは、言うまでもないだろう。

話しかけても答えてくれないし、ずんずん先に進んでしまう。

しかもモンスターに八つ当たり気味に過剰《オーバーキル》な攻撃を加え、爆発四散させる始末。餌食になったモンスターは『蜥蜴皮《リザードスキン》』『石人形《ゴーレム》』に加え、この階層のボス級《クラス》モンスターの一体である『狩猟蜥蜴《ドン・リザード》』を爆抉掌《バオジュエヂャン》なる勁術《ジンシュ》の技で、えぐり切ったというか捻《ね》じり切ったとかいうそんなヤベー感じに一撃必殺《デストローイ》した。

「……こわいね」

「……みゅ」

まあふくれっ面で歩いているのを見ると、ちょっと可愛いなと思ったりはしたんだけどね。

　ともあれ、それから当分は、スクレールと顔を突き合わせると今回のことを思い出して、ぎこちなくなったりならなかったりだった。

エピローグ　またもお出かけの予感

――この日、高ランク冒険者《ダイバー》のエルドリッドは、冒険者《ダイバーズ》ギルドの受付にいた。

迷宮潜行《ダンジョンダイブ》の帰りに自分の受付である六番受付に立ち寄って、戦果の報告。

「マーヤ。今日の分の査定を頼む」

「あ！　エルドリッドさん！　今日もお疲れさま！」

「おう。まあ今回はちょっと流しただけだから、良い報告はないぜ？」

「最近はあまり高深度階層にはいかないわねー？　どうしたの？」

「ああ、それか。ほら、前にあんなことがあっただろ？　それでちょっと地に足を着けようかと思ってさ」

「あー、遭難しかけたってあのときの話ね――あ、そういえば！」

すると、マーヤは何かを思いついたように、にやりと笑う。

これを晶《あきら》が見ていれば、「まるでペ○ちゃん」と言っていただろう。

マーヤがニヤニヤ顔を寄せてくる。

「ねえねえ、その後、例のクドー君とはどう？　どうなの？」

「ど、どうって……別に？　なにもないぜ？」

「ほんとぉー？」

「ほんとだって！　まあ迷宮《ダンジョン》に潜ったり、ギルドの外で会うこともあったけどさ」

エルドリッドがそう言うと、マーヤは面白くなさそうに顔をしかめる。

「なーんだ。進展なしかぁ。でも、一向に変化がないのはよろしくないわね。それだと誰かに取られちゃうんじゃない？」

「そんなことは……あ、あるのかな？」

「あるわよ……でもやっぱりその辺は気にしてるのね」

「ちょ、違うっての⁉　いまのはそういう意味じゃねえよ！」

エルドリッドは手をバタバタ振ってそう言うが、尻尾が焦ったように動いている。

「ほ、ほんとに、なんでもないんだって。この前だってちょっとフリーダを一緒に歩いたって程度だしよ……」

「うーん。もっと何かないとねー」

「やっぱりそうか――って、いや！　一体なんの話をしてるんだよ⁉」

そんな風にわいわいきゃんきゃん話をしていると、隣の七番受付の受付嬢、アシュレイが話しかけてくる。

「なになに？　なんの話？」

「アシュリー、この前の話よ。エルドリッドさんと、アシュリーの担当するクドー君の」

「あれね。結局その後どうなったの？　私にも教えて欲しいな」

「お前らなぁ……」

野次馬根性丸出しの受付嬢二人に対し、エルドリッドは呆《あき》れるおよび怒りの握りこぶしを作る。

「エルドリッドさん。もっと積極的にいかないと難しいんじゃない？」

「そうねえ。クドー君はなんていうか、ものすごく鈍いし」

「へー、そうなんだ？」

「そうそう。女の子にアプローチをかけられてもピンと来てないみたいだもの」

アシュレイが発したその言葉に、大きな反応を見せたのはエルドリッドだ。

驚いたように尻尾をピーンと立てる。

「かっ、かけるヤツがいるのか!?　あいつに！」

「え？　ええ、いるわよ？」

「マジか……そうなのか……」

その事実を聞いてエルドリッドは胸中穏やかでないのか。不安そうに尻尾を揺らす。

一方でそんな様子を見たマーヤが、ニヤニヤしだす。

「エルドリッドさんやっぱりそうなんじゃないの。そろそろ素直になった方が……」

「え？　あ、違う！　いまのは違うんだ！　違うんだって！」

そんな風に誤魔化そうとしても、いまさらだ。

しばらくの間、「そうでしょ」「違う！」の攻防を繰り広げたあと、マーヤが訊《たず》ねる。

「で？　その彼との冒険はどうなの？」

「そっちは……問題ないぜ？　むしろ潜行《ダイブ》の技術ならオレよりうまいんじゃないか？」

「でも強さに関してはエルドリッドさんの方が上なんじゃない？」

「そりゃレベル差があるからな。戦士と魔法使いを比べてもしょうがないって気もするけどよ」

そして、エルドリッドは前に晶とした話を思い出す。

「あと、話を聞いた限りじゃ、城砦街《カオルーン》の七大幹部の一人をぶっ倒してるらしい」

「……はい？」

エルドリッドの話を耳にしたマーヤがポカンとした表情を見せる。それはまるで頭の上に疑問符が浮かんでいるかのような呆《ほう》けっぷり。

「いやまあ、その反応もわかるぜ」

「いや、でも……いくらなんでもそれはさすがに」

「だが、アイツの実力を考えれば一概に否定もできねえからな。それに……」

「それに？」

「……いや、なんでもない。そっちの受付はどう思う？」

エルドリッドが訊ねると、アシュレイは一転真面目な顔になって考える。

「……あの子ならやってそうね。確かに黒曜牙《オブセスオルド》が倒されたって聞くようになったのも、あの子が冒険者《ダイバー》になって、そこそこ経《た》った頃くらいだし」

「そうなの？」

「そうなのよ。それに、実際強いし。だから私も、あの子がもともと強かったと思ってたわけだしね。この前、魔法を覚えて半年とか聞いてびっくりしたくらいよ」

「ほんと……じゃあ魔法を覚えて数か月程度で黒曜牙《オブセスオルド》を倒せるようになったたってことになるわよ!?」

「でも実際いまのレベルだしね……」

そんな風に、受付嬢二人が最近生まれた迷宮幻想《ダンジョンファンタズマ》の一つに首を傾《かし》げていたときだった。

冒険者《ダイバーズ》ギルドの入り口から、九藤《くどう》晶が姿を見せる。

「お疲れさ――あ！　エルだ。こんにちはー」

「お！　アキラじゃないか！」

歩み寄って、挨拶を交わす二人。

その後ろでは「愛称呼びね」「名前呼びもよ」とひそひそ会話している野次馬が二人。

（……こいつらはほんとよ）

二人の相変わらずさに、エルドリッドが握りこぶしを作っていた折、晶が訊ねる。

「エル、今日は上がり？」

「ああ。いま帰ってきたばっかりだ」

「そうなんだ。お疲れ様」

「いや、別にちょっと流してきた程度だし……」

エルドリッドが恥ずかしそうにそう言うと、晶は何かを思いついたのか。

「この前一緒にどこか行こうって話をしたけど、今度お出かけしない？」

「お、おう！　オレはいつでも万全だぜ！」

「僕の住んでるところなんだけどね」

「住んでるところ？　お前フリーダに住んでないのか？」

「そうそう。ちょっと遊びに行ってみる？」

そんなこんなで、第二次現代日本に遊びに行く計画が発動したのだった。

あとがき

皆様、ご無沙汰しております。樋辻臥命です。

『放課後の迷宮冒険者《ダンジョン・ダイバー》』、第三巻をお手に取っていただきありがとうございます。

最近は電子版を購入される方も多いので、お手に取って〜というフレーズが合わない方も多いとは思いますが、ご購入された皆様、本当にありがとうございます。

シリーズ三巻目。ライトノベルでは打ち切りの壁と言われているのもこのくらいの巻数かと存じます。人気がなければここで終わり。ある程度販売部数が確保できていれば続刊可能。最近では三巻まで届かず、一巻、二巻で打ち切りということも多く、いち作家としては苦しい状況が続いているなと思っています。

ですが、電子書籍での手軽さから、実質的な販売部数は増えているのかな。

電子の恩恵は受けているので、本当にありがたいです。ありがとうございます。

『放課後の迷宮冒険者』第三巻。この巻ではなんとあの人が真の姿で登場するという、W

ＥＢ版には無かった展開が、アキラくんだけでなく読者の皆様も待ち受けています。

その前にかれい先生のかわいいイラストが皆様を待ち受けているとは思いますが。

僕はガッツポーズでした。ありがとうございます。

今回は基本的に拉致回メインでしょうか。師匠に拉致られたり、スクレールに引っ張っていかれたり、ライオン丸先輩に騙されて連れて行かれたりと、なにかと誰かに付き合う形になっていますね。

迷宮でご飯を食べるメシテロ回は少ないですが、ポーション関連のお話など他にも見どころがいっぱいありますので、そちらをお楽しみいただければ幸いです。

次はメシ回増やそうかな……。


では最後に謝辞といたしまして、ＧＣＮ文庫様、担当編集Ｋ様、イラスト担当のかれい様、株式会社鷗来堂様、応援してくださっている読者の皆様、本当にありがとうございます。

ファンレター、作品のご感想をお待ちしています!

【宛先】
〒104-0041
東京都中央区新富 1-3-7　ヨドコウビル
株式会社マイクロマガジン社
GCN文庫編集部

樋辻臥命先生 係
かれい先生 係

【アンケートのお願い】

右の二次元バーコードまたは
URL (https://micromagazine.co.jp/me/) を
ご利用の上、本書に関するアンケートにご協力ください。
■スマートフォンにも対応しています (一部対応していない機種もあります)。
■サイトへのアクセス、登録・メール送信の際の通信費はご負担ください。

GCN文庫

放課後《ほうかご》の迷宮冒険者《ダンジョン・ダイバー》③
～日本《にほん》と異世界《いせかい》を行《い》き来《き》できるようになった僕《ぼく》はレベルアップに勤《いそ》しみます～

2023年8月27日　初版発行

著者　樋辻臥命《ひつじがめい》

イラスト　かれい

発行人　子安喜美子

装丁　森昌史
DTP／校閲　株式会社鷗来堂

印刷所　株式会社エデュプレス

発行　株式会社マイクロマガジン社
〒104-0041　東京都中央区新富1-3-7　ヨドコウビル
［販売部］TEL 03-3206-1641／FAX 03-3551-1208
［編集部］TEL 03-3551-9563／FAX 03-3551-9565
https://micromagazine.co.jp/

ISBN978-4-86716-459-4 C0193

GCN文庫

世界で一番『可愛い』雨宮さん、二番目は俺。

女装男子と地味女子の『可愛い』を巡る青春ラブコメ!

世界一可愛い美少女モデル・hikariの正体は男子高校生!?　その秘密がクラスメイトの雨宮さんにバレたとき——恋が始まる。

編乃肌　イラスト：桑島黎音

■文庫判／好評発売中